KB007576

이제 아픈 구두는 신지 않는다

〈일러두기〉
• 본문의 주는 모두 옮긴이의 것이다.

이제 아픈 구두는 신지 않는다

마스다 미리 에세이 ― 오연정 옮김

이봄

번화가 밤거리에서 혼자

왠지, 이젠 싫어져버렸다고 할까.

좀 싫은 것이 있어 싫다고 생각하니 또 다른 싫은 것이 생기고, 하지만 그 덕분에 앞서 싫었던 것은 희미하게 연기에 휩쓸린다. 그리고 그 상태에서 다시 싫은 것이 생기면 또 하나 앞서 싫었던 것에는 안개가 끼어,

"응? 두 개 앞서 싫었던 게 뭐였더라?"

오래된 싫은 감정이 상당히 엷어지는 셈이다.

싫은 것을 '새로운 싫은 것'으로 흐지부지 만들어버리는 건 어떨까?

그러면 싫은 감정이 계속 생기더라도, 점점 쌓이지는 않는 방식이니 좋다고 생각했다. 적어도 내 경우엔.

그래도 싫은 것이 있으면 거스러미가 생긴다. 마음에 거스러미가 생긴다. 거스러미를 떼어낸 부분이 따끔따끔.

왠지, 이젠 싫어져버렸어.

번화가의 밤거리를 걸으며 커다랗게 한숨을 쉬다가, 문득 무언가를 깨달았다.

마음속 혼잣말이 오사카 사투리가 아니다.

내 마음속 혼잣말이 더는 오사카 사투리가 아니었다.

도쿄 상경 14년. 일상생활에서 사투리는 거의 사용하지 않는다. 이제는 내 주변 사람들도 "고향이 오사카였어? 전혀 몰랐어"라며 놀랄 정도다.

스스로 말하기 뭣하지만, 나의 '외모'엔 임팩트가 없다. 도쿄 생활을 오사카 사투리로 밀고 나가다가는 오사카 사투리 쓰는 사람이라는 첫인상으로 끝날지도 모른다. 그래서 상경 후 비교적 일찍부터 오사카 사투리를 사용하지 않으려 애썼다.

그리고 마침내 마음속 혼잣말까지 오사카 사투리가 아니게 되었다. "왠지, 이젠 싫어져버렸다고 할까." 오사카 사투리로 하면, "어쩐지, 이젠 싫다고"이다.

지나온 시간은 이런저런 일들을 극복해온 시간이기도 하다. 싫어진 일이 있어도, 뭐 어떻게든 되겠지, 여기게 하는 토대, 이것이 세월이라는 것일까.

무언가에 골몰하며 걷던 어느 한낮, 예전부터 느낌이 좋아 보여 찜해두었던 카페에 들어가봤다. 진열장에서 너무나 좋아하는 '사바랭°'을 발견! 뜨거운 커피와 함께 주문하여 덥석 먹으니, 조금 기운이 났다.

"이것, 엄청 맛있구마."

카페에 있었던 이는 오사카 사투리를 쓰는 나였다.

○ 럼주나 브랜디에 적신 스펀지케이크.

즐거운 일은 갑자기

"오늘 밤 중요한 축구 시합이 있는 것 같은데요?"

레스토랑에서 회의를 겸한 식사를 한창 하던 중, 앞에 앉은 남성 편집자가 한 말에 깜짝 놀랐다. 남자 일본 대표팀의 월드컵 진출 여부를 결정하는 시합이 바로 지금, 진행 중이라는 것이다. 나도 모르게 '어머머머' 소리를 지르고 말았다.

"엄청 중요한 시합이잖아요!"

내가 적극적으로 반응하자 오히려 상대방이 놀랐다.

"마스다 씨, 축구 같은 것에 흥미 있는 사람이었어요?"

아니 아니 아니요, 흥미 운운할 게 아니라, 월드컵 진출이 걸린 시합이라면 굉장한 빅 이벤트 아닌가요.

식사를 서둘렀기 때문에 레스토랑을 나선 후에도 아직 후반전을 볼 수 있는 시간이 있었다.

"그러니까 저기요, 여기서 국립경기장까지는 택시로 10분도 걸리지 않는데, 그곳에서라면 볼 수 있지 않을까요?"

좋은 아이디어라 생각하고 택시에 올라탄 우리들. 운전기사가 알려준 정보로는 입장료를 지불하면 경기장 안의 대형 스크린으로 관전할 수 있다고 한다.

"나도 예전에 딸들과 보러 왔던 적이 있지요."

나이 지긋한 운전기사의 그 얘기에 무척 기뻤다. 오늘은 일하느라 볼 수 없지만, 그에게는 딸들과 관전했던 즐거운 밤이 있었다. 그의 상황을 안타까워할 일은 아니다. 내릴 때 "즐겁게 보세요"라고 운전기사가 말을 건네어,

"감사합니다!"

활기차게 답했다.

국립경기장 입구에서 1,800엔을 지불하고 안으로 들어가니, 젊은이들로 붐볐다. 마침 후반전이 시작되려던 참이었다. 대형 스크린이 생각보다 작아 잘 안 보였지만, 초여름 밤하늘 밑에서 큰 목소리로 누군가를 응원하는 일은 상쾌했다.

"아~ 오길 잘했어. 즐거워."

조금 전까지, 중요한 축구 시합이 있는 것 같은데요?라고
말했던 상대방도 즐거워 보였다.

천천히 마냥 걷기

~~~~

영화관을 나온 시각은 오후 6시 남짓. 시부야 거리는 여전히 혼잡했다.

사람, 사람, 사람.

역으로 향하는 무리와 역에서 나오는 무리가 스크램블 교차로°에서 서로 섞인다.

아련하고 쓸쓸해서, 친구를 불러내 밥이나 먹자고 할까 잠시 생각. 하지만 아련하고 쓸쓸한 기분으로 어슬렁거려

○ 동시에 어느 쪽으로든 횡단할 수 있게 만든 교차로. 시부야 스크램블은 통행인이 많기로 유명하다.

도 좋으리라, 생각을 바꿨다. 장마 중에 오랜만에 맑게 갠 상쾌한 해질녘. 다른 행인들에게 방해가 되지 않을 정도로 천천히 걷기 시작했다.

시간은 끊임없이 흐르고, 인생은 계속 이어진다.

하지만 상황은 스스로 끊을 수 있다.

몇 개의 걱정거리. 심각한 것도 있고 바로 해결될 듯한 것도 있다. 하지만 지금, 이곳에 있는 나는, 이곳에 있는 나이다. 걱정거리는 '아련하고 쓸쓸함' 속으로 던져버리고, 산책해도 좋으리라.

어디서든 애플파이를 사야지. 조금 전 본 영화는 〈기적의 사과〉°. 마음은 이미 사과 모드다. 백화점 지하에서 애플파이를 사고, 더불어 가지도 한 봉지 샀다. 애플파이는 식후 디저트로 하고 가지는 참기름에 볶아 된장국에 넣어야지.

쇼핑을 하니 활기가 돌았다. 그렇지, 신세 진 사람에게 줄 선물을 사야지.

어떤 것으로 살까?

걷다보니 떠올랐다. 접는 우신이 좋겠지. 나도 애용하는 야외용품점의 초경량 우산. 곧 여행을 떠난다 했으니 분명

° 꿈 같은 이야기라고 알려져 있던 무농약 사과 재배를 이룬 한 농가의 고난을 그린 작품.

도움이 되겠지. 빨간색으로 사서, 선물용 봉지에 담았다.

그런 후 서점에서 책을 한 권 샀다. 동물학자인 히다카 도시타카 씨의 『동물은 무엇을 보는가』. 그다음엔 거의 다 쓴 화장수와 선크림을 구매. 화장수는 세 병을 한꺼번에 사면 저렴하다 하여 세 병. 거기다 이제 막 출간된 나의 신간을 한 권 구매. 오랜만에 낸 여행 에세이다.

정신을 차려보니 내 토트백은 묵직해졌다. 보기에도 빵빵. 어깨도 아프다. 모처럼 활기찼던 기분도 시들해졌다.

어쩌면 토트백이 크기 때문에 항상 이런 식으로 많이 사버리는 건 아닐까? 시부야에서 가지를 사지 않았더라면 좋지 않았을까.

그렇다면, 소형 핸드백이다! 내일부터 짐은 핸드백에만 넣는 거야! 가뿐하게 사는 거야! 그렇게 다짐하고 핸드백을 사니 또 한 짐. 집에 돌아와 시험 삼아 그대로 체중계에 올라서니 짐 무게만 3.5킬로그램이었다.

새로운 세상은 계속 있다

업무용으로 새 컴퓨터를 샀다. 14년 만이다. 지금까지 쓰던 것은 너무 구형이라 최근 몇 년은 인터넷도 사용하지 못해, 컴퓨터로는 업무상 받은 자료를 거의 볼 수 없었다. 그래서 대부분 스마트폰으로 해결하곤 했지만, 아무래도 작은 화면으로는 눈이 피곤해졌다. 손에 익은 컴퓨터를 떼어내기가 두려워 어름어름 미루다가, 마침내 결심하고는 새 것으로 바꾸었다.

그래도 14년이다. 컴퓨터는 놀라울 정도로 진화한 듯하다. 강하게 단정해서 말하지 못하는 것은 아직 전체를 파악

하지 못한 탓이다. 한자漢字를 쳤을 뿐인데 사전 기능이 두둥실 떠오른 화면을 보고는, 어머머머— 하고 놀라는 '초보' 단계다.

이렇게 된 이상, 철저하게 컴퓨터를 배워보자!

이런 연유로 일주일에 한 번, 컴퓨터 강습을 받았다.

"시프트shift와 커맨드command와 숫자 4를 동시에 누르면 화면캡처가 됩니다."

선생님이 가르쳐준 것을 메모하면서, 아아 도대체 이것은 무슨 언어지? 따위의 생각은 그만두고 집중하자!!라며 자신을 다독였다.

새로 산 컴퓨터는 노트북. 예전부터 한번 해보고 싶었던 '카페에서 노트북으로 작업하기' 데뷔도 멀지 않았다. 와이파이라는 것의 사용법은 아직 배우지 않아 모르지만, 조만간 이 와이파이에 능숙해져 스타벅스에서 노트북을 펼치겠다는 멋진 구상도 있다.

게다가 애니메이션을 만들고 내친 김에 영화도 만들어보겠다는 등의 망상에 빠져 눈앞의 컴퓨터 강습에 집중하지 못하고,

"저기요 선생님, 지금 하신 것 한 번 더 부탁드려요."

이해가 더딘 학생이었다.

인생이 점점 줄어든다…

일요일, 혼자 전철을 탔다. 그다지 붐비지 않아 빈자리가 넉넉하게 있었다.

주택가를 지나는 전철. 나는 창밖으로 저물어가는 여름의 노을 진 하늘을 바라보았다. 그리고 생각했다. 아니 느꼈다.

아아, 인생이 점점 줄이든다…….

노을의 아름다움을 음미하고 싶은데, 그 앞에 놓인 덧없음에 반응한다.

그것은 대각선 맞은편에 앉은 고등학생인 듯한 여자아이

탓도 있다. 짧은 바지, 상처 하나 없이 마네킹 다리처럼 길고 예쁜 다리. 나 자신도 과거에 그런 다리를 가졌었는데 마치 나이 들어 잃어버린 것 마냥 슬퍼졌다. 애초에 그런 스타일도 아니었으면서 제멋대로인 감상이다.

날마다 줄어드는 나의 인생. 돌아갈 수 없는 나의 인생. 같은 노을이 두 번일 수 없듯이 인생도 되풀이되지 않는다.

그런데 불가사의한 일이었다. 인생에 대해 생각하는 내 마음속 4분의 1정도의 공간에서는 동시에 완전히 다른 것을 생각하고 있었다.

아까 샀던 고구마 만주. 아주 맛있어 보인다. 잡지에도 실렸었다. 집에 가서 먹으면 즐겁겠지, 집에 가서 바로 먹을까, 차갑게 두었다가 저녁식사를 마친 다음에 먹을까.

사람의 뇌는 도대체 어떤 구조로 되어 있을까? 인생과 고구마 만주를 동시에 생각할 수 있다니…….

신주쿠역에 다다르자 '인생에 대하여'는 연기처럼 사라졌다. 그 다음에 무엇을 생각했는지는 기억나지 않는다. 고구마 만주는 저녁식사 후 순식간에 모조리 먹어버렸다.

햇빛이
한 건물에만
비치고 있었다.

어른의 10분

볼일이 끝나도 10분 정도 얘기를 더 나누지 않으면 너무 빨리 헤어지는 듯한, 그런 경우가 어른에게는 있는 법이다.

용건이 생각보다 일찍 끝나 더는 할 말이 없더라도,

"자 그럼, 이제 일어설까요."

이렇게 말하며 바로 헤어지기에는 너무 허전해서 억지로 만드는 '여운'의 10분.

이럴 때 질문은 나누지 않는 편이 좋다. 시간을 끌려는 것뿐인데 별로 알고 싶지도 않은 것을 서로에게 질문하면, 특히 말하고 싶지 않거나 듣고 싶지 않았던 화제가 등장하면

성가셔진다.

올여름 나의 '여운'은 빙수였다.

되도록 몸을 차게 하지 않으려고 여름에도 빙수는 먹지 않지만, 폭염이었던 탓도 있어 올해는 해제. 종종 먹었다.

친구가 '도라야°' 카페의 빙수가 굉장히 맛있다며 부탁이니 한번 먹어보라는 바람에 전철을 타고 신주쿠 이세탄백화점까지 먹으러 다녀왔다. 평일 오후인데도 가게 앞에는 긴 줄이.

앗, 뭔가 굉장히 맛있으리란 예감이 든다아아아.

줄 서가며 먹는 일에는 익숙하기 때문에 부랴부랴 줄 끝에 섰다. 가게 내부가 훤히 들여다보여서 모두 무엇을 먹는지 알 수 있었는데, 빙수를 먹는 사람이 많았다. 인기인 모양이다. 수북이 쌓인 새하얀 빙수 위로 녹차의 진한 초록이 아름답다. 이것을 멋지게 스푼으로 무너뜨리며 먹는 사람들을 보고 있자니, 나 자신의 미래도 멋지게 느껴진다. 나역시 이제 곧!

"미리, 하얀 팥소가 든 빙수를 먹어봐."

친구가 이 점을 강조해서 말했었기 때문에, 30분을 기다

○ 1947년에 설립된 양갱으로 유명한 팥소 전문 제과업체.

린 뒤 자리에 앉자마자 바로 '하얀 팥소' 빙수를 주문했다. 이것은 정말이지 너무너무 맛있었다! '도라야'라 하면 당연히 양갱. 사용하는 팥소가 맛있으니 빙수도 곱절로 맛있다. 하얀 팥소는 포실포실 부드러웠고, 게다가 얼음도 산뜻했다.

"꼭, 이번 여름에 먹어보세요. 아, 그럼, 이제 슬슬 일어설까요."

여운의 10분을 도라야의 빙수 이야기로 극복한 2013년 여름이었다.

스트로베리 킹 향기
～～～

향수가 있다.

길이 3센티미터 정도의 아주 작은 병에 든 향수.

모르긴 몰라도, 피부에 더는 뿌려선 안 된다고 생각한다. 어쩌면 향기를 맡는 것조차 몸에 안 좋을지도 모른다. 30년도 더 된 것이다.

내가 산 것인지 친구에게서 받은 것인지 확실치는 않지만, 초등학생이었던 내게 그것은 최초의 내 전용 향수였다.

병에는 산리오° 캐릭터 그림이 있다. 투명한 유리 안에 든 액체의 양은 절반 정도. 색상은 당시보다 약간 갈색빛을 띠는 듯한 느낌이지만 향기는 옛날 그대로다.

　이 향기를 어떻게 표현해야 좋을지 모르겠다. 병 바닥의 상표종이에는 '스트로베리 킹'이라 쓰여 있지만, 딸기향이란 생각은 안 든다. 30년 전에 우리 엄마가 '뭔가 이상한 냄새'라고 말했던 기억이 난다. 하지만 아이인 내게는 더할 나위 없이 좋은 향기였다. 친구에게 보내는 편지 모서리에 뿌리기도 하면서 꽤 즐겼었다.

　'향기'로 되살아나는 기억에 대한 기사를 어딘가에서 읽었다. 밀접한 관계가 있는 듯하다. 확실히 그러리라 생각한다. 나는 이 어린이용 향수에 코를 가까이 대는 것만으로 곧장, 내가 초등학생인 듯한 기분에 휩싸이니까.

　어린 내가 되어 지금의 세상을 바라보는 느낌.

　아버지가 물려준 오래된 나무 책상.

　향수는 그 책상 서랍에 넣어두었다. 책상에 앉으면 어린 시절 내 작은 손이라든가, 지금과는 확연히 다른 그때의 나와 나란히 꽂힌 교과서 사이의 거리감이 향기와 함께 되살아난다.

　방을 정돈하다가 오랜만에 맡아본 스트로베리 킹 향기.

○ 고양이 캐릭터인 '키티' 등으로 유명한 캐릭터 전문기업.

그리움으로 마음이 뭉클해진다. 인간이 타임머신을 만들 수 있을지 모르겠지만, 적어도 나는 이미 갖고 있다. 이 향기를 맡으면 언제라도 초등학생인 나로 돌아갈 수 있기 때문이다.

그렇지만 이제 슬슬 놔줘야 할 때인지도 모른다. 뭐랄까, 이젠 버리자 싶은 느낌.

좀 전에 손에 뿌렸던 '스트로베리 킹' 냄새가 좀처럼 가시지 않는다. 그리움을 넘어 조금 취하는 듯한…… 그런 기분이다.

대충 단정 짓기

대충 넘겨짚어 해석하는 사람.

"별로 좋아하지 않아서."

대화하다가 무언가에 대해 이렇게 답하면,

"어째서 싫어합니까?"

라고 되물어와 멈칫할 때가 있다.

'별로 좋아하지 않는다'와 '싫다'는 내가 생각하기에 같은 말이 아닌데, 어째서 그러는 걸까.

내심 '싫다' 하는 상황에서도 굳이 '싫다'라는 표현을 피하는 경우도 있다. 평상시 '싫다'를 너무 많이 사용하면,

"아아, 또 그런다."

하며 진짜로 싫어하는 상태를 믿어주지 않는다.

대충 넘겨짚으며 신경질이나 완벽주의 등으로 순식간에 단정 짓는 사람도 있다.

욕실에서 사용한 목욕수건을 매번 세탁한다고 말했을 때,

"결벽증 있어요?"

라는 추궁을 받아 당황. 매번 세탁하지 않는다면 그들은 몇 번 정도 사용하는 것일까. 남들도 그러하리라 의심치 않았던 나의 작은 세계에 놀라면서, 아냐 아냐, 그래도 역시 '결벽증'은 아니지 않을까. 이쯤에서 이불시트는 한 달에 두 번 정도만 세탁한다고 밝히며 내가 결벽증까지는 아님을 증명하는 편이 나을까? 하지만 그런다고 내게 어떤 이득이 있을까?

서둘러 다른 사람에 대해 결론지으려는 심리는 뭘까. 느긋하게 상대할 만한 여유가 없는 것일까, 단지 귀찮은 것일까.

고민하는 사이 화제는 바뀌어 되돌릴 수 없게 되었다는……

달콤한 걸 좋아해서 불공평한 느낌

~~~~~~

    좋아하는 것은 사람마다 다르지만, 뭔가 좀 불공평한 것 같다는 느낌을 받는 요즘이다.

    내가 가장 좋아하는 것은 달콤한 음식. 매일같이 꼭 먹는다.

    업무 미팅이 예정되어 있으면,

    '미팅 끝나고 달콤한 거 먹어야지, 어디로 갈까?'

    집을 나서기 전부터 생각한다.

    최근 자주 먹는 것은 '사바랭'. 럼주가 깊이 배어든 브리오슈에 생크림을 얹은 케이크다. 술에는 약한 체질이지만 사바랭 정도라면 문제없다. 입안으로 술이 촤아악 배어드는 것도 즐겁고, 게다가 생크림의 부드러운 단맛은 황홀할 지경.

얼마 전 귀갓길에 케이크 가게에서 샀던 사바랭. 뜻밖에도 웬걸, 럼주가 배어 있지 않았다. 럼주에 적시는 과정을 잊은 모양이다. 먹어보니 퍼석퍼석.

이 이야기를 식사 모임에서 선보이니,

"바꾸러 가지 그랬어!"

하는 반응이 많아서, 어머 이거, 웃자고 한 말이었는데……라며 우물거리고 말았다. 내게는 케이크 가게 직원도 가끔은 이렇게 깜박깜박하는구나, 하는 재미있는 에피소드였다. 브리오슈에 생크림을 발라 먹는 새로운 디저트라고 생각하면 좋지 않을까? 생각했을 정도.

받아들이는 사람에 따라서는 반품하거나 교환하기도 한다. 하지만 뭐, 나의 이런 생각은 평소 내가 달콤한 음식을 많이 먹는 탓이기도 하다. 어쩌다 먹는 사바랭에 실수가 있었다면 나도 화가 났을지 모른다.

사실 내가 좋아하는 것을 말하고 싶었던 게 아니다. 내가 좋아하는 것이 달콤한 음식이 아닌 '기계'였다면 얼마나 좋았을까? 생각하는 요즘이다.

여름에 새 컴퓨터로 교체하고, 심지어는 프린터도 새로

사서 교체하며 여러 가지 설정을 처음부터 다시 해야만 했다. 무선이 어쩌고 인스톨이 저쩌고 등등, 마음은 이미 좌절 상태……. 내가 새 컴퓨터에 신나서 들뜨는 성격이었다면 좋았을 텐데. 그러는 편이 도움이 되었을 텐데, 뭔가 불공평하구나, 하며 의기소침해진 채로 지금도 고객센터의 전화를 기다리는 중이다.

중고 시장에서

세타가야 보로이치°는 400여 년 전 열렸던 라쿠이치°°가 그 시초로, 원래는 헌 옷이나 중고품을 팔았었기 때문에 '보로이치'라 부르는 것 같다. 지금도 낡은 기모노나 중고품 노점이 골목에 잔뜩 늘어서고 먹거리 포장마차도 등장해, 굉장히 북적거리는 축제다.

이 축제를 좋아하는 나는 올해도 당연히 다녀왔다. 점심 무렵 친구들과 만나서는,

○ 　매년 겨울 도쿄 세타가야에서 열리는 중고시장. 보로는 낡은 것, 중고품을 뜻한다.
○○ 　중세 이후 특권 상인들의 독점권을 폐지해 자유롭게 거래했던 시장.

"그럼, 뭐부터 먹을까?"

우선은 '먹는 것'부터 시작. 좋은 냄새가 나는 포장마차 쪽으로 다 함께 줄줄이. 구슬 곤약, 감자 버터, 뜨거운 수제비. 후후 불며 파란 하늘 아래서 먹는 즐거움이란!

좋았어, 배도 채웠으니 다음은 이곳 명물인 '다이칸모찌다!'라며, 이미 배를 채웠지만 또다시 음식. 즉석에서 갓 친 찹쌀떡을 먹을 수 있다는 것뿐이지만 다이칸모찌 앞에는 매년 긴 줄이 선다. 줄 선 지도 한 시간 가까이. 그리고 줄서 있는 동안에도,

"잠깐 저쪽 포장마차 좀 보고 올게."

하며 나갔던 친구가 돌아올 때마다, 컵케이크라든가 소혀로 만든 텅스튜 같은 음식을 건네준다. 음식을 기다리면서도 계속 음식을 먹는 모양새다.

기다리고 기다리던 다이칸모찌는 부드러우면서 쫄깃쫄깃. 매운 무, 팥소, 콩가루, 세 가지 맛을 모두 맛보기로. 아무래도 이젠 배도 부르니, 드디어 거침없이 노점상 순례.

그런데 옛날 그릇이나 오래된 조리도구를 보면서도,

"있잖아, 저 유자 싸지 않아?"

"그러게, 올해는 유자 조미료를 만들어볼까."

"어머, 저 참마도 맛있어 보여."

"된장국에 넣으면 맛있겠지."

야채 노점을 발견할 때마다 멈춰 서지 않고는 못 배기는 우리들. 야채를 사는 일이 이토록 즐거울 줄이야, 어린 시절에는 상상도 하지 못했다.

마지막에는 구매한 물품을 조금씩 나누기. 나는 참마를 귤 네 개, 껍질 아몬드, 새우전병과 교환했다.

어느 집에선가 걸어놓은 빨래에
석양이 비치는 모습이 아름다웠다.

저를 기억하십니까?

자신을 기억해주리라 확신하는 사람은 대체 무슨 근거로 그러는 걸까? 내가 이런 생각을 하는 이유는, 나 자신이 '분명 잊혀질 것'임을 전제하기 때문이다.

한두 번 만난 정도로 내 얼굴을 기억해줄 리 없다.

나는 다른 사람도 마찬가지라고 생각하기 때문에, 설령 내가 상대를 기억한다 하더라도 상대는 나를 기억하지 못하리라는 전제로 인사를 건넨다.

"마스다 미리입니다. 오래간만입니다."

우선은 이름을 밝힌다. 그래야 상대방도 대처할 방안이

생기는 법이다.

그렇기 때문에 모두 같은 센스로 대해준다면 서로 부담이 덜 하리라 생각하는데, 남들은 그렇지도 않은 것 같다.

예전에 어떤 자리에선가 만났던 것 같은 사람이,

"저를 기억하십니까?"

하고 느닷없이 물으면 당황스럽다. 아니, 당황을 넘어 조금은 짜증이 인다. 어째서 퀴즈 형식으로 묻는 걸까?

게다가 기억하지 못할 경우의 올바른 대처법도 모르겠다.

"아, 예전에 만났었지요. 근데 어디였더라? 미안합니다. 이젠 기억력이 나빠져서 하하, 벌써 나이가 들었나 봐요, 아, 사실은 그러니까……."

실례가 되지 않도록 하고 싶지만, 실례가 되지 않도록 할 수 있을지 자신이 없다.

잊는다는 것이 그렇게 나쁜 것일까. 실례가 되는 일일까. 기억할 자유도 잊을 자유도 있어서 좋은 것은 아닐지.

애초에 잊었다는 실례보다도 현재 무례한 사람 쪽이 더 실례일 텐데.

만났을 때 실례되지 않았으면 좋겠다고 생각하는 사람이 얼마나 있을지는 모르겠지만, 있으리라 믿고 싶은 잘 잊어버리는 나였다.

신호 대기

북풍이 부는 제대로 추운 한겨울 밤. 하루 일과를 마치고 집으로 돌아가기 위해 역 앞 자전거 보관소로 향했다.

최근 외출할 때는 대부분 배낭. 미팅용 자료나 학습용품, 행선지에서 발견하여 구매한 과자, 읽다 만 책, 영수증으로 빵빵한 지갑 등 이것저것 채워 넣다보면 꽤 무거워진다. 하지만 등에 매버리면 어떻게든 된다(짐은 소형 핸드백만큼만 만들기로 결심한 적도 있었지만……).

그래도 집에서 가장 가까운 역으로 돌아올 무렵에는 이미 어깨는 뭉쳐서 뻣뻣! 그 어깨 위에는 뻑뻑한 겨울 코트.

몸 전체의 혈액순환이 나빠진다.

"아아, 피곤해. 정말이지 피곤해."

속으로만 말하려 했는데, 나도 모르게 튀어나온 혼잣말.

신호 대기가 있는 교차로의 번잡함에 내 목소리는 묻혀버렸지만 내 귀에는 닿는다. "아아, 피곤해. 정말이지 피곤해"라는 내 목소리는 생각 이상으로 피곤하게 들렸다.

신호등이 파란불로 바뀌었다.

파란 신호가 앞으로 가라고 말한다.

앞으로 가, 앞으로 가, 앞으로 가, 앞으로 가, 앞으로 가, 앞으로 가, 앞으로 가.

시끄럽다고─°

파란불이지만 그냥 멈춰 서 있어도 괜찮지 않을까. 횡단보도 가장자리에 서 있으니까 여기 계속 있는다고 해서 다른 사람에게 방해가 되지는 않을 것이다. 나는 갑자기 파란 신호가 얄미워져 일부러 한 번, 파란 신호를 그냥 무시할까 진지하게 생각했다. 하지만 겨울바람의 괴롭힘을 이기지 못하고 신호등이 깜박이기 전에 황급히 건넜다.

자전거 보관소에 돈을 지불하고 자전거 바구니에 배낭을

° 일본 도시의 신호등은 파란불일 때, 대개는 신호음이 함께 나온다.

넣자마자 기분이 싹 바뀌었다. 홀가분해진 내 몸. 가볍게 어깨를 돌리고 나서 밤 골목으로 페달을 힘차게 밟았다.

처음이다. 파란 신호를 얄미워하다니.

딸기로 끝장

~~~

딸기다.

딸기 축제다.

힐튼호텔에서 매년 봄마다 열리는 '스트로베리 디저트 페어'에 올해에도 친구들과 다녀왔다.

말하자면 딸기 디저트 뷔페인데, 정말이지 너무나 귀엽고 예쁘다. 올해의 테마는 '스트로베리 피크닉'. 깅엄체크무늬 테이블보 위로 즐비하게 놓인 디저트들. 작은 유리병에 담긴 딸기 푸딩과 미니 마들렌, 새콤달콤한 딸기 마카롱, 물론 딸기 쇼트케이크도. 등나무 바구니에 담아 숲으로 가져

가면 한 폭의 그림이 될 정도로 예쁜 디저트들이 수없이 많다.

"오늘은 딸기의 끝장을 보자!"

함께 모인 친구 네 명이서 기합을 넣고는 먹고 또 먹었다. 오후 2시 30분부터 6시까지 세 시간 반. 수다를 떨면서 끝까지 먹기로 했다. 딸기 디저트뿐만 아니라 생딸기도 있었는데 굉장히 달다. 스트로베리 디저트 페어를 위해 엄선한 딸기일 테지.

"손님, 이제 정리할 시간입니다."

이 말이 나올 때까지 끈덕지게 버텼다. 아아, 대만족. 이제 당분간 딸기는 필요 없어~라고 말하며 밖으로 나오니 신주쿠는 초저녁.

"있잖아, 도청°에서 야경 보지 않을래?"

"좋아, 세금을 내고 있으니 가끔은 도청에도 올라가야겠지."

다 함께 도청사 전망대로. 신주쿠 고층 빌딩들의 환한 불빛이 반짝거렸다. 넷이 야경을 즐기면서 우리들은 사기 다른 풍경을 보고 있을 거라는 생각이 들었다.

○ 신주쿠에 위치한 도쿄도청사. 45층에 무료 전망대가 있다.

신주쿠쿄엔에서 벚꽃을 즐겼었지, 스카이트리에 엄마와 갔었는데, 저 거리는 옛날에 애인과 걸었더랬지.

입에 올리진 않지만, 모두 어딘가에 과거의 풍경을 중첩시키며 보고 있지 않을까.

"아름다웠어."

"배불러, 배가 불러서 차도 못 마시겠어."

서로 웃으며 역으로 향했다.

마쓰모토 여행

연휴 후반, 나가노의 마쓰모토에서 하룻밤 자고 왔다.

여성여행 특집으로 잡지에도 자주 나오는 곳이어서 줄곧 궁금했었다.

신주쿠에서 출발하는 특급열차인 '아즈사'를 타고 두 시간 30분. 의외로 멀구나, 생각했다. 사람마다 그 거리감은 제각각일 것이다. 내 경우엔 본가가 있는 오사카까지가 두 시간 30분이니까, 나가노라면 시간이 좀 덜 걸리겠지! 하는 거리감. 하지만 오사카는 신칸센을 타고 가니까 특급열차의 속도를 고려한다면°, 마쓰모토는 도쿄에서 부담 없이 다녀올 만한 거리의 관광지다.

도착한 날은 비.

비 오는 날에 딱 좋은 관광이라면 미술관이다. 마쓰모토 시립미술관은 마쓰모토 출신인 구사마 야요이의 작품을 많이 소장하고 있는 것으로 유명하다. 타박타박 걸어서 미술관으로.

미술관 마당에 들어서자마자 구사마 작품이 두둥~ 나무처럼 커다란, 물방울무늬의 튤립이 우뚝 솟아 있다. 건물 안으로 들어가면 자동판매기도 빨간색 물방울무늬. 마쓰모토 거리를 달리는 버스 중에도 '물방울무늬 버스'가 있어서 매번 '우와' 하며 넋을 잃고 보게 된다.

구사마 야요이 상설전시관에는 샹들리에 방이 있는데 굉장히 멋있었다. 거울로 둘러싸인 방안의 샹들리에. 거울에 비쳐 멀리 있는 저편까지 샹들리에의 반짝거림이 계속되는 듯 보였다.

"뭘까 이건, 우주? 너무 아름다워~"

아름답다고 느끼는 순간, 기쁨으로 벅차오르는 건 왜일까?

ㅇ 도쿄에서 오사카까지는 신칸센(평균 시속 230㎞)으로, 마쓰모토까지는 재래선(평균 시속 120㎞) 으로 두시간 30분이 걸린다.

인간에게 이 감정은 무엇을 위해 존재하는 걸까?

미술관을 나와서 늦은 점심. 역시 이곳 명물인 메밀국수
를 먹어야겠지. 기차역 관광안내소에서 받은 국수 맛집지
도를 따라 식당에 갔더니, "죄송합니다. 오늘은 이미 메밀
국수가 모두 매진되었습니다." 연휴 인파와 겹쳐 꽤 인기
있는 메밀 국숫집에는 들어가지 못하고……

그러다 가이드북에 실린 오래된 과자점을 발견. 기념품
으로 쿠키 등을 사면서 이 이야기를 했더니, 가게직원이
"저는 이 집이 가장 맛있는 것 같아요"라며 메밀 국숫집을
알려주었다. 가보니 순조롭게 들어갈 수 있었던 데다가 맛
도 좋아, 다행이야, 다행이야 하며 식당을 나섰다.

어느 새 비는 그쳤다. "저녁으로는 뭘 먹을까요?" 방금 식
사를 마쳐놓고 함께 간 그와 벌써 저녁식사 이야기……

"운동 좀 해서 배를 허기지게 해야 할 것 같아요. 우리 산 책해요."

이렇게 말하긴 했지만, 내가 가이드북에 동그라미 표시한 곳의 절반은 서양과자점, 전통과자점, 빵집, 카페였다.

주요 관광은 다음날 하기로 하고, 첫날은 느긋하게. 메밀국숫집을 나온 다음엔 거리를 어슬렁어슬렁.

나와테도리와 나카마치도리라는 두 군데 거리는, 관광을 위해 복고풍 거리를 재현한 곳이어서 기념품점이 즐비하다. 잡화점, 그릇가게, 양복점, 골동품점, 빵집. 구경하며 돌아다니다 보면 순식간에 시간이 지나간다.

유서 깊은 전통과자점 앞을 지나는데 가게 앞 진열장에 밤밥 견본이.

밤. 너무나 좋아하는 음식이다. 빨려 들어가듯 들어가니 '밤찰밥'을 팔고 있었다.

먹고 싶어. 하지만 지금 이것을 먹으면 저녁밥을 먹을 수 없다.

그래도 배를 허기지게하기 위해 좀 걸었으니 먹어도 괜찮지 않을까?

하지만 눈물을 머금고 참았다. 대신이라 말하기는 뭣하지만, 가게에 딸린 카페에서 이미 안미츠°를 먹어버렸다…….

'디저트 배는 따로 있다'라는 말은 대체 누가 생각했을까? 멋진 카피다.

이십 대 무렵 카피를 모은 적이 있었다. 잡지나 신문 광고에서 괜찮다 싶은 카피만을 싹둑싹둑 오려내어 노트에 붙였다. 그것을 때때로 되풀이해 읽고는, 단 한 줄 속에서도 이야기가 보이는구나, 하면서 감탄했었다. 구직 활동을 하면서 자신을 소개하는 한 줄 카피를 고안하여 전단 같은 것을 만든 적도 있었더랬다. 어떤 카피였는지는 기억나지 않지만, '내게는 미지의 가능성이 있다' 정도의 솜씨였다. 그것을 이력서와 함께 기업으로 보냈지만, 분명 관리부 직원들에게 웃음거리가 되었을 것이다. 경기가 좋은 시절이었음에도 불구하고 나는 취직이 너무나 안 되었다. 나는 카피라이터를 지망했었다.

전통과자점을 나와 저녁을 먹을 식당을 찾으며 마쓰모토 역까지 한가로이 걸었다.

"어디서 먹을까."

비가 그쳤다. 저녁놀을 보니 내일은 화창하리라는 예감

ㅇ 삶은 콩, 우뭇가사리, 과일 등을 담고, 그 위에 팥소를 얹은 일본 전통 디저트.

으로 그득했다. 상쾌한 한때다.

인생에는 안 좋았던 적도 있지만, 언제나 배는 어김없이 고팠다.

배고픔이 나를 몇 번이고 몇 번이고 도와주었다는 생각이 든다.

마쓰모토 여행 둘째 날.

숙소인 비즈니스호텔에서 무료로 자전거를 빌렸다.

나도, 함께 간 그도 장롱면허여서 여행지에서의 관광은 한결같이 렌털 자전거.

내가 마지막으로 차를 운전했던 적은 열아홉 살 때다. 면허를 취득했던 것도 그때였으니, 말하자면 영원한 장롱면허…… 운전이 무섭고도 무서워 전혀 즐길 수가 없었다. 가로수 뒤에서 아이가 뛰어들 것만 같다. 길모퉁이에서 자전거가 달려들 것만 같다. 지레 혼자 하는 예감에 언제나 녹초가 되곤 했다.

이런 이야기를 하면,

"마스다 씨, 운동 신경이 둔한가 봐요."

라는 말을 듣긴 하지만(엉엉), 나는 죽마도 탈 수 있고, 팽이도 돌릴 수 있고, 배드민턴에도 능숙하고, 작년에 친구들과 볼링 시합을 했을 때는 스코어 180으로 우승. 결코 둔하지 않다고 주장하고 싶다. 하지만 운동신경이 뛰어나지 않다는 것에는 동의한다. 피구도, 롤러스케이트도, 철봉도, 달리기도, 수영도 신통치 않다. 그 신통치 않은 것들 중에 자동차 운전이 있는 셈이다. 하지만 열여섯 살에 원동기 면허를 땄고 오토바이를 전혀 문제없이 탔음은 분명히 밝혀두고 싶다.

렌털 자전거를 타고 마쓰모토 성으로.

보고 싶었던 검은색의 멋진 성이다. 관광안내소 직원이 오후부터는 입장이 제한될 정도로 혼잡하다고 알려주어서, 아침에 가장 먼저 입성. 천수각은 계단이 굉장히 가팔라 모두 조심조심 오르고, 조심조심 내려왔다.

점심은 또 메밀국수. 국수 맛집지도에 실린 식당에서 맛있게 먹고, 그다음엔 마쓰모토 민예관, 마쓰모토 저울 박물관 등 두루두루 관광. 정신을 차려보니 어느새 가방 안이 빵빵해졌다. '돌이기는 열차 안에서 먹으려는' 음식을 자잘하게 구매한 탓이다. 마쓰모토의 인기 빵집에서 산 빵, 된장러스크에 밤만주, 전날 눈여겨봤던 밤찰밥도 물론 구매.

자 그럼, 돌아갈까. '아즈사'를 타고 도쿄로.

열차 속 작은 테이블에는 마쓰모토의 맛있는 음식들이 한가득. 갈 때만큼이나 두근두근 신나는 귀갓길이었다.

자전거 라이트가 자동으로 켜지는
순간을 보고 싶다.

이렇게나 멋진 안경점에서

안경을 사러 안경점에 갔다. 수입품을 취급하는 굉장히 멋진 안경점이다.

어째서 이렇게까지 멋진 안경점을 선택했는가 하면, 촌스럽지 않고 세련된 사람으로 여겨지고 싶었기 때문이다.

멋진 안경점에 진열된 수많은 멋진 안경들. 화려한 색상이거나 안경테에 다양한 세공이 입혀져 있기도 하다. 나비 장식이 붙은 안경도 있었다.

음– 멋지다. 멋짐을 넘어서 멋짐의 반대편으로 가버린 듯한 것도 있었지만, 분명 쓰는 사람에 따라서는 굉장히 멋있어 보이겠지.

가게에는 나 외에 손님이 한 사람. 60세 정도의 여성으로, 중간 정도의 짙은 화장과 눈에 띄는 화려한 패션을 하고 있었는데, 목소리가 엄청나게 컸다. 저렇게 당당한 사람이 나비 안경을 쓴다면 굉장히 잘 어울릴 것 같았다. 그녀는 점원과 이것저것 이야기한 뒤에 "또 올게요" 하고는 아무것도 사지 않고 돌아갔다. 손님은 마침내 나 한 사람.

점원들이 넌지시 나를 지켜본다. 아니, 신경 쓰고 있다.

"부담 없이 써보세요."

라며 남성 직원이 뒤에서 말을 걸어왔지만, 부담 없이 쓰면 '어머, 그게 어울린다고 생각하나봐~' 하고 여기지 않을까 걱정되어, 무난한 안경만 써보는 나.

여기서는 상대방의 의견을 듣는 편이 좋을 것 같았다.

"저기요, 어떤 느낌의 안경이 제게 어울릴까요?"

이것저것 가져다주었다. 우선은 오렌지 색상의 안경을 써보았다. 모르겠다. 오렌지색 안경에 내 얼굴이 죽어버린 느낌이다. 파란색이리든가, 옆면이 붉은색이라든가, 권유받은 안경은 모두 써보았다. 어떤 안경을 쓰더라도 "잘 어울리시네요"라고 말해주니, 어쩌면 진짜로 어울리는 것일지도 모르겠다. 하지만 이렇게까지 멋지지 않아도 괜찮은

데 하면서 마음이 약해져,

"좀더 심플한 안경도 써볼까~"

라는 혼잣말과 함께 아주 가느다란 독일제 안경을 써보았다. 익숙하다. 안심이 된다. 안정감이 든다. 역시 모험은 이제 그만. 이런 결론에 도달하고는 결국 평범한 안경을 구매. 이것 역시 "잘 어울리시네요"라는 말을 들은 안경이었다.

화장을 지워서 산뜻한

지금은 새벽 1시 30분. 간단한 술자리를 마치고 집으로 돌아오니, 배가 고파 식빵 한 장을 구워 먹고 컴퓨터를 켰다. 술자리를 마치고,라고 썼지만 사실 술자리는 계속되고 있고, 나는 막차가 끊기기 직전에 빠져나왔다.

내일은 특별한 일정이 없으므로, 계속 놀았어도 괜찮았다. 다만 화장을 지우고 산뜻해지고 싶어서, "자 그럼, 오늘은 이만" 하고는 돌아왔다. 그랬으면서 화장도 지우지 않고 책상 앞에 앉았다.

이런 밤이면 너무 욕심을 부린다는 기분이 든다.

밤새워 '노는 나'와 이렇게 집에 '돌아온 나'. 두 사람 중에서 나는 '돌아온 나'를 선택했다.

그래서 밤새워 '노는 나'에게 지고 싶지 않다.

'돌아온 나'여서 다행이었다고 생각되도록 의미 있는 시간을 보내고 싶다.

그렇게 생각하기 때문에 지금, 이렇듯 컴퓨터를 켜고 무언가를 쓰고자 한다. '노는 나'는 쓸 수 없었을 글을 쓰고 싶어서 손가락을 움직인다.

나 자신에게 지고 싶지 않아,라는 말을 종종 듣는데, 지금의 내가 바로 그 상황. 하지만 이겼다 한들 그래서? 승패를 결정하는 심판 또한 '나'인 것을.

나.

내가, 내가 아닌 다른 사람일 때, 그 나는 '지금의 나'와 친구가 되고 싶을까. '지금의 나'를 좋아하게 될까.

자문하다보면 내 친구로 있어주는 사람들에게 마음을 담아 감사해야 한다는 생각이 든다. 그리고 그런 그들은 술자리가 한창이다.

반드시 마음이 통하는 건 아니다

아무리 노력해도 말이 통하지 않는 사람이 있다. 아니 마음이 통하지 않는 사람이라고 해야 할까. 마흔이 넘어서야 알게 되었다.

만약 아~주 어린 시절, 그러니까 중학생 시절에 알았더라면 좀더 마음 편하게 지내지 않았을까.

반드시 마음은 통한다.

이렇게 어른들로부터 주입받아서, 그런 거야, 그 말이 맞는 거야,라고 진지하게 받아들여 한동안 많은 상처를 입고 말았다. 그것은 그저 어른들 희망의 부서진 조각이었다.

서로 이해하지 못하는 사람과의 의견 대립은 횟수를 거듭할수록 상처만 점점 커진다. 그럼에도 제대로 설명한다면 이해받을 수 있으리라는 어른들의 가르침이 매번 뇌리를 스쳐, 나도 모르게 버티며 이해시키려 했다. 하지만 이제는 어른이 된 지도 꽤 지났으니, 지나치게 버티지 않도록 조심해야 한다. 버티던 의지도 얼마간 약해진 기분이다.

누군가와 의견이 맞지 않더라도, 그로 인해 자신의 인생이 1밀리미터도 바뀌지 않는다면, 먼저 포기해도 좋을 것이다.

반드시 마음이 통하는 건 아니다. 그저 표면적으로 그래 보일 뿐이다.

옛날의 내가 알고 싶었던 것은 이런 것이었을지도.

그렇긴 해도 이런 처세를 알았던 아이가 어떤 어른이 되어 있을까를 상상하면 오싹해진다.

어느 새
밤이 되었어.

문득 깨달았을 때 즐겁다.

가나자와 여행

오랜만에 가나자와.

가나자와 21세기 미술관의 수영장은 몇 번을 봐도 두근두근 설렌다. 그리고 몇 번을 봐도 "재밌어! 굉장해!"라며 누군가와 감상을 나누고 싶어진다.

수영장이지만 이 수영장에는 물이 들어 있지 않다. 하지만 들어 있는 듯이 보인다. 물이 없는 수영장 안으로 들어가 밑에서 하늘을 올려다볼 수 있는 불가사의한 작품. 이렇게 말로 설명하면 마치 수수께끼 같지만, 일단 보면 어쨌든 기분이 즐거워지는 현대미술 작품이다.

만든 이는 아르헨티나 출신의 레안드로 에를리치라는 사람. 마침 그의 첫 일본 개인전이 열리는 중이었는데, 이런 작품도 있었다.

하얗고 넓은 방에 설치된 정원.

정원이라 하지만 커다란 새장 안에 들어 있는 정원으로, 식물은 모두 가짜. 그 거대한 새장 주위를 빙글빙글 걷다 보면, 갑자기 맞은편에 있는 '자신'과 마주치게 된다. 거울이 둘러싸고 있을 뿐이지만, 이상하게도 거울에 비친 '자신'은 자신이 아니라 꼭 닮은 사람 같다. 다른 행성에 사는, 자신과 닮은 누군가인 것 같다. 가짜 식물이 더 그렇게 보이게 하는 것일지도 모른다. 강하게 몰입되어 한동안 이 작품에서 떠날 수가 없었다.

이 세상에는 자신과 닮은 사람이 세 명 있다고 한다.

어린 시절에 이 얘기를 듣고는 꼭 만나보고 싶었다.

오래전 업무 미팅 자리에서 느닷없이 들었던 이야기.

"마스다 씨, 버터누나와 닮았어요."

애니메이션 〈호빵맨〉에 등장하는 '버터누나'.

당시엔 휴대전화로 이미지 검색을 할 수 없었기 때문에,

"버터누나는 어떻게 생겼을까?"

계속 생각하며 그 길로 곧장 다른 업무 미팅 자리에 갔는

데 웬걸,

"마스다 씨, 버터누나와 닮지 않았어?"

라는 말을 들었다. 같은 날 두번째다.

나는 버터누나를 당장 보고 싶었고, 동시에 빵과 닮았다는 애긴데 괜찮은 걸까…… 걱정이 되었다. 집에 가는 길에 서점에 들러 호빵맨 그림책을 확인해보니, 과연 나는 버터누나와 제법 비슷했다. 그리고 버터누나는 빵이 아니라 사람이었던 것에 안도했다.

이후 유명인 누구와 닮았는지가 화제에 오르면, 나는 꼭 '버터누나'를 거론하는데, 대개는 "어머, 닮았어요"라고 한다.

레안드로 에를리치의 작품에 비친 '나' 또한 버터누나를 닮았다. 유쾌한 작품이었다.

다음날부터는 도야마로 이동하는 일정이어서 가나자와 관광은 하루뿐. 이번 가나자와 여행은 가나자와 21세기 미술관을 메인으로 하고 이후엔 흔히 '닌자데라°'라 부르는 묘류지와 오미초 시장으로 장소를 좁혔다.

○ 절 내부에 닌자 이야기에 나오는 함정, 숨겨진 계단 등 침입에 대비한 장치가 많아 붙여진 이름.

묘류지는 예전에 엄마와 여행하며 방문했었기 때문에 두 번째지만, 의외로 기억이 잘 나지 않았다. 안내인이,

"이쪽이 숨겨진 방입니다."

라고 일러줄 때마다,

"와아, 굉장해!"

매번 감탄하고 말았다.

묘류지 다음으로는, 가나자와 시민의 부엌인 오미초 시장으로 향했다.

시장은 커다란 아케이드로 되어 있다.

어릴 적에는 아케이드 속에서 살고 싶었다. 집 근처에 있던 시장은 어디든 아케이드로 되어 있었고 그 안은 개인상점들로 빼곡했다. 마치 커다란 집 안에 자그마한 집들이 있는 것처럼. 어린 시절 나에게 그것은 그림책 속 세상 같아서, 엄마를 따라 장 보러 가는 게 너무 좋았다.

오미초 시장은 길게 한 줄로 이루어진 상점가가 아니라 이쪽저쪽으로 길이 갈라진다.

'조금 전 가게에 다시 또 가고 싶은데.'

이렇게 생각해도 빙빙 돌다가 찾지 못한다. 헤매면서 과일가게의 멜론 주스가 마시고 싶어져 마시고, 굴가게에선 생굴을 그 자리에서 호로록 먹는다. 날씬하고 싶은 사람에

게는 무서운 시장이다. 대략 180개의 상점이 있다고 하는데, 활기가 넘쳐 정말로 재미있다.

밤에는 이 지방의 술집에 가보기로 하고, 그와 둘이서 번화가를 어슬렁어슬렁.

"이 식당은 어떨까?"

살짝 안을 들여다보며 고심한다.

"온통 동네 사람들인 것 같아서 긴장돼~"

좀처럼 결정하지 못하다가 적당히 혼잡한 술집에 들어가보니, 옆자리는 동네 아저씨들의 동창회. 끝없이 이어지는 음담패설. 충격이 너무 커서 무엇을 먹었는지 몽땅 까먹은 가나자와의 밤이었다.

가나자와 관광을 마치고 다음날에는 도야마로. 특급열차를 타면 40분 정도 걸리지만 이번엔 도중에 히미와 다카오카를 관광하기로.

점심으로 히미의 명물인 '히미 우동'을 먹으려고, 일단은 다카오카에서 열차를 갈아타고 히미로 향한다.

도야마는 후지코·F·후지오°와 후지코 후지오Ⓐ°°, 두 사

○   만화가(1933~96). 대표작은 『도라에몽』.
○○ 만화가(1934~). 대표작은 『닌자 핫토리 군』.

람의 고향이어서, 다카오카부터 히미까지를 연결하는 JR히미센에는 닌자 핫토리 군 열차가 달린다. 차체는 물론 차내에도 핫토리 군의 그림이 잔뜩 있고 게다가 방송 목소리도 핫토리 군이다.

히미역 관광안내소에서 렌털 자전거를 빌렸다. 내친김에 히미 우동집을 추천받아, "다녀오겠습니다!" 하고는 해안가 도로로 나갔다. 상쾌하면서 편한 전동자전거.

현지 주민들로 떠들썩한 식당에서 나는 히미 우동과 히미 소고기 고로케 세트를, 그는 쌀새우 덮밥을 먹었다. 쌀새우도 도야마의 명물. 투명하면서 엷은 분홍색이 아름다운 작은 새우로, 가이드북에는 도야마에서만 잡힌다고 소개되어 있었다. 히미 우동은 가는 면발인데 탄력이 있으면서 매끈매끈했다. 아키타의 이나니와 우동과도 비슷했다.

밥을 먹은 후에는 가볍게 히미 관광. 거리 곳곳에 있는 핫토리 군과 그 친구들의 조형물 장식을 둘러보기도 하고, 후지코 후지오 Ⓐ 씨의 원화 복제품을 전시하는 갤러리에 들리기도 하고.

갤러리에는 핫토리 군의 비디오를 자유롭게 볼 수 있는 방이 있어, 신발을 벗고 바닥에 앉아 느긋하게 보았다. 여름방학에 친구 집에 놀러 온 듯한 그리움이 일었다.

친구 집에 놀러 가면, 잘 아는 친구지만 달리 보였었다. 초대한 자와 초대받은 자라는 입장을 어린이 나름으로 느꼈을 터이다. 우리 집은 공동주택이었기 때문에 집안에 계단이 없었다. 단독주택에 사는 친구에게는 당연한 계단이 내게는 매우 신선했다.

이 계단에서 이런 놀이도 할 수 있을 텐데, 저런 놀이도 가능할 텐데.

여동생과 집안 계단에서 가게 놀이하는 것을 상상했다. 나는 새로운 놀이를 고안하는 데 명수였다. 동네 아이들과 놀 때도 기존 놀이에 새로운 규칙을 추가해서 종종 분위기를 고조시키곤 했으니까.

짧은 히미 관광을 마치고 다시 핫토리 군 열차에 올랐다. 이 지역 학생들이 고개를 숙인 채 휴대전화를 들여다보고 있다. 이 아이들에게 핫토리 군은 그저 일상일 테니까. 열차가 다카오카로 향했다.

도야마 가는 길에 다카오카에 잠시 내려 일본 3대 대형불상 중 하나인 다카오카 대불을 보러 가기로.

역에서 도보 10분 정도. 주택가를 무심코 돌았더니 갑자기 다카오카 대불이 나타났다.

"앗, 깜짝이야!"

너무나 갑자기여서 원근감이 이상해질 정도다.

높이 16미터.

거대한 대불인데, 어째서 이렇게 가까이 올 때까지 보이지 않았던 것일까??

대불 받침대 안으로 들어갈 수 있고, 게다가 무료다. 뜻밖에 지역 아이들이 놀러와 있었다.

내가 대불을 처음으로 본 것은 나라의 도다이사에서였다. 분명 초등학교 3~4학년 때의 소풍이었다. 대불의 콧구멍과 똑같은 크기의 큰 구멍이 뚫린 기둥이 있어 그 구멍을 사람이 통과할 수 있었는데, 아이들 전원이 통과하려면 시간이 걸리기 때문에 원하는 아이만 후딱후딱 재빠르게 시도했다. 나도 해보고 싶었다. 하지만 그것을 하는 아이는 덜렁대는 남학생뿐이어서, 유머 감각도 없는 얌전한 아이가 하는 것은 뭔가 아닌 듯한 분위기였다.

오사카라는 지역의 특성인 걸까, 재미있는 녀석이라면 스타였다. 재미있으면서 달리기도 빠른 녀석이라면 최강이었다. 이런 근사한 능력을, 그들이 어른이 되어서 살리고 있지 않다면 정말로 애석한 일이다. 그들은 지금도 나의 선망의 대상이다.

대불을 본 다음에는, 역 근처 광장에 있는 도라에몽 조형물을 보러 갔다. 도라에몽, 노비타(한국식 이름은 진구), 스네오(비실이), 자이안(퉁퉁이) 등 열두 개의 조형물이 늘어서 있어서, 똑같은 포즈를 취하며 기념촬영. 다카오카는 두 명의 후지코 선생이 청춘시절을 보냈던 거리인 모양이다.

도라에몽이 좋아하는 도라야키°를 간사이 지방에서는 '미카사°°'라 부른다. 그래서 어린 시절의 나는 둘이 같은 것인지 몰랐다. 언젠가 도라야키를 먹어보고 싶다는 생각에 엄마에게 부탁했더니 "미카사 말이니?" 하길래, "아냐, 아냐, 도라야키!!"라며 화를 냈었다.

도라에몽 조형물을 뒤로하고 마침내 도야마로 향한 것은 밤 8시가 넘어서다. 도야마에서 먹을 저녁식사는 이미 결

° 둥글납작하게 구운 갈색 팥빵.
°° 빵의 모양이 나라에 있는 미카사 산을 닮은 것에서 유래.

정. 도쿄에서 출발할 때부터 정해져 있었다.

도야마블랙.

그런 이름의 음식이다.

도야마블랙!이다.

도야마의 뭐가 블랙인가 하면, 라면이다. 국물이 새까만 라면을 도야마블랙이라 부르는 듯. 말하자면 B급 음식이다.

『맛푸르』라는 가이드북 정보에 따르면, 육체노동자를 위해 만든 염분이 많은 진한 간장라면에서 유래했다고 한다. 사진으로 보니, 오징어먹물만큼 새까맣지는 않지만 제법 검다.

호텔에 짐을 맡기고 자 그럼, 도야마블랙 식당으로. 체크인할 때 프런트의 젊은 남성에게,

"근처에 도야마블랙을 먹을 수 있는 식당이 있나요?"

하고 물어보았더니,

"제게 가장 맛있는 식당은 이곳입니다."

라며 가르쳐주었다.

이런 때 '제게 가장'이라 말할 수 있다니 멋있구나, 하는 생각이 들었다. 보통은 "모두 취향이 있으므로 일률적으로는 말할 수 없지만, 이곳과 이곳 정도가 유명합니다." 정도로 넘길 일을, 그는 조금 멋쩍은 듯이 '제게 가장'을 공표해

주었다.

가장 좋아하는 영화, 가장 좋아하는 음악, 가장 좋아하는 배우, 가장 좋아하는 소설, 가장 좋아하는 그림책, 가장 좋아하는 디저트, 가장 좋아하는 주먹밥 재료…….

가장 좋아하는 ○○를 끊임없이 질문받는 우리들. 그 대답에 따라 무엇인가가 평가된다. 그게 싫어 얼버무리곤 하지만, 원래는 좀더 부담 없이 대답할 수 있는 일 아닐까. 그래서인지 여행지에서 '제게 가장'을 일러준 그가 묘하게 반가웠다.

'제게 가장'의 도야마블랙은 아주 맛있었다. 블랙인 국물이지만 상상했던 것보다 짜지 않고 육수도 잘 우러나와 풍미가 좋았다.

좋잖아, 좋잖아, 도야마블랙!

다음번 도야마 갈 때도 이 식당에서 먹어야지! 이런 다짐을 했던 도야마블랙의 밤이다.

주차장 간판이
'하늘'로 보였다.°

○ 주차장에 빈자리 있음을 나타내는 '공(空)'에는 하늘이라는 뜻도 있다.

총무 덕분

야간 경마가 즐거워 보여서.

"와, 좋아 좋아, 이번에 가자!"

매년 친구들과 말만 하다가 마침내 올해, 친구의 총무 노릇 덕분에 실행에 옮겼다.

어딘가로 떠나서 다 함께 놀기. 마음이 맞는 친구들과의 즐거운 이벤트.

우리끼리의 일이어도 총무라는 직책이 필요해진다.

'8월에 야간 경마 가지 않을래?'

이런 문자를 보내는 행위 자체는 어렵지 않다. 하지만 모두의 답변을 취합하여 일정을 조정하고, 만날 장소를 정하고, 교통편이나 주요 경기시간을 확인하는 일까지 떠맡는 이가 총무다.

지난 몇 년간 정해진 총무가 없었다는 점에서 내 친구들은 정말 좋은 관계구나라고 느끼곤 한다.

저 친구가 총무 역할을 잘하니 맡기자, 이런 분위기가 전혀 아니다. "와, 이거 재미있을 것 같으니, 모두를 꾀어볼까"라든가, "좋아, 이번 일은 내가 총무 노릇해볼게"처럼 지극히 자연스럽다. 돌아가면서 순번대로 한다는 느낌도 없다. 뭐랄까, "다 같이 즐겁게 지내자!"라는 긍정적인 느낌.

올해 들어서 나도 몇 번인가 총무를 자청했다.

봄, 신주쿠 힐튼호텔의 딸기 뷔페. 달콤한 음식을 좋아할 것 같은 여자 친구들에게 연락하여 넷이서 갔다. 도쿄 스카이트리 관광을 곁들인 초밥뷔페 투어의 총무도 했었다. 그 다음으로는 요코하마의 독일맥주 축제 총무도(온통 먹는 모임……).

친구들이 총무 역할을 해줘서 참가한 모임도 많다. 페루 요리를 만들어 먹는 모임, 미술관 워크숍에 참가하는 모임, 미니분재를 사러 가며 거리를 산책하는 모임 등등. 올해는 가지 못했지만, 매년 바다로 불꽃놀이를 보러 가는 모임의 총무를 해주는 친구도 있다.

그리고 이번엔 야간 경마다.

8월 밤바람에 기분 좋게 머리를 흩날리며 다 함께 경마를 봤다. 마침 경마장에서 독일맥주 축제가 열려, 한 손엔 맥주를 들고서 소시지를 우물우물.

"날씨가 화창해서 다행이야~"

총무인 친구가 이렇게 말했을 때, '이해해'라는 생각이 들었다. 날씨가 총무 탓은 아니지만, 모두가 즐겁기를 바라기 때문에 총무를 맡게 되면 항상 날씨가 신경 쓰인다. 그런만큼 빗속 이벤트라 하더라도 참가하는 입장에선 언짢게 여기지 않는다. 총무를 맡았던 경험이 있기 때문에 총무의 마음을 헤아린다.

경마는, 뭐 이기진 못했지만…… 총무 덕분에 실행에 옮긴 즐거운 여름 경마였다.

어느 근사한 일요일

〜〜〜

집에서 만화를 그리던 일요일. 쾌청한 가을 날씨. 중간중간 이불을 말리거나 청소기를 돌리면서 다시 책상으로 향한다. 화분에 방울토마토를 기르고 있어 휴식을 겸해 돌보기도 한다.

방울토마토는 여름 전에 한 포기만 사다 심었을 뿐인데, 지지대를 넘어 내 키 정도로 자라더니 난간에 기대어 옆으로 뻗는 중이다. 여름이 끝나자 토마토는 자그마한 상태 그대로 빨갛게 되었다. 방울토마토보다 더 작은 방울방울토마토가 주렁주렁.

"귀여워~"

잠시 바라보다 책상에 앉기도 하고, 말린 이불을 걷어오거나 냉장고에 넣어둔 초콜릿을 집어 먹기도 하고. 행복한 한때다.

어린 시절부터 그림 그리기를 아주 좋아했기 때문에, 어른이 되어서도 계속 그림을 그릴 수 있는 지금에 감사한다. 누구에게가 아니라, "지금, 이 순간"에 대한 감사다.

연재만화 다섯 편을 마무리하여 봉투에 넣는다. 택배 송장을 쓴 뒤 편의점을 통해 보내면 월요일 오전 중에는 각 출판사에 도착한다. 미리미리 일하는 것을 좋아하기 때문에, 마감보다 2개월 정도 앞선 원고다.

자 그럼, 옷을 갈아입고 외출해볼까. 원고와 지갑을 들고 자전거에 올라타 편의점으로 향한다.

덥지도 않고 춥지도 않다. 석양은 아름답고 원고도 잘 되었다. 안고 있는 문제가 없는 것은 아니지만 오늘, 이번 일요일은 근사하다. 그래, 원고를 보낸 다음 시부야에서 영화를 봐야지! 유쾌한 기분으로 페달을 밟는다.

백화점 지하에서 샌드위치를 사서 영화관에 도착. 닫히려던 엘리베이터로 달려가자 안에 있던 청년이 '열림' 버튼을 눌러준다. 엘리베이터 안에는 그와 나밖에 없어 감사 인사를 했다.

티켓을 사서 자리에 앉고 보니 아까 그 청년은 우연히도 바로 앞자리였다.

운명적인 만남일지도!?

내가 이십 대였다면 내 멋대로 두근두근했을지도 모른다. 하지만 이미 이십 대도 아니므로 전혀 두근거리지도 않았고, 나처럼 차분한 구석 자리를 좋아하는구나~라는 생각이 들 뿐이다.

영화는 60년대 미국에서 인기를 끌었던 '포시즌스'라는 팝 밴드를 모델로 만든 것으로, 상영 중에 아는 노래가 몇 곡이나 흘렀다. 어머, 이 사람들 노래였구나~ 영화에 대해서 아무것도 모른 채 갔었기에 굉장히 이득을 본 듯한 기분. 〈저지 보이즈〉라는 영화였다.

영화관을 나오니 시부야 하늘에 초승달이 보였다. 귀에서 맴도는 포시즌스 명곡의 후렴구를 흥얼거리며 느긋하게 역으로 향한 일요일 밤이었다.

에세이 쓸 때 첫 줄은

〈태풍 부는 밤, 컴퓨터를 마주한다.〉

라고, 지금 한 줄 써본다.

대개는 '이런 것을 써야지' 정한 다음 원고를 쓰곤 하지만 오늘 밤엔 아무것도 생각하지 않은 채 처음 한 줄을 써보았다.

최근에 갔던 장소 이야기를 쓸까, 신주쿠에 있는 '로봇 레스토랑'. 하지만 폭풍우 치는 밤에 로봇 이야기를 쓰고 싶진 않아서 그저께 본 영화 이야기를 쓸까도 생각.

아냐, 그게 아니라 영화관 앞자리에 앉은 커플이 불이 꺼

지고 어두워진 순간에 쪽~ 했던 뽀뽀 이야기를 쓸까. 그 흐름으로 내가 처음으로 남자와 데이트하며 영화관에 갔던 이야기를 펼쳐보면 어떨까.

아냐 아냐, 이런 이야기보다는 영화관을 나온 뒤에 아는 사람과 스쳐 지났던 이야기도 괜찮겠지. 아는 사람과 스쳐 지났다고 해서 반드시 말을 걸어야 하는 건 아니니까 '아, 아는 사람이다'라고 생각만 할 때도 있다. 하지만 그저께의 나는 "○○씨!"라고 말을 걸었다. 그러고 싶은 기분이 들 정도로 유쾌한 영화였기 때문이다. 안녕하세요, 안녕하세요, 인사하고 웃으며 헤어졌다.

그 다음에 '친구' 이야기를 가져와도 괜찮겠지. 그날 본 〈프란시스 하〉라는 영화는 '친구'에 대해 깊이 묘사한 영화였으니까, '영화 → 아는 사람을 만남 → 친구'와 같은 흐름도 좋겠다.

아니면 싹 바꾸어 태풍에 대한 글은 어떨까. 태풍에 얽힌 추억. 태풍 추억 중에서 아직 쓰지 않은 에피소드로는 뭐가 있으려나?

그렇지, 이십 대 즈음이었다. 억수같이 내리는 비를 이용하여 머리를 감아보면 어~떨까 하면서, 당시 남자친구와 장난스럽게 비로 머리를 감은 적이 있었다. 우비를 입은 채

맨션 앞 자전거 보관소에서. 먼 미래에 자신의 청춘시절을 되돌아볼 때 분명 아주 재미있는 추억이 될 거야! 그렇게 생각하며 했었다.

그 때문일까, 전혀 그립다는 생각이 안 든다. 혐오감마저 든다. 이 이야기로부터 젊은 시절의 의도적인 추억 만들기 관련으로 방향을 이어갈 수도 있다.

여기서 이 에세이를 되돌아본다.

〈대개는 '이런 것을 써야지' 정한 다음 원고를 쓰곤 하지만, 오늘 밤엔 아무것도 생각하지 않은 채 처음 한 줄을 써 보았다.〉

라고 맨 처음에 쓰긴 했지만, 역시 처음 한 줄에서부터 이런 에세이로 써봐야지 하고 생각했을 것이다. 이번에는 이런 에세이인 것이다.

이런 나, 저런 나

~~~~~

간사이 지방에 업무가 있어 오사카 본가에서 이틀을 묵었다. 묵을 즈음해서 2박을 해도 좋을지 미리 엄마에게 확인했다. 아빠도 엄마도 왠지 바빠 보였기 때문이다.

지역 모임의 버스 여행, 그라운드 골프˚, 노래 교실, 자원봉사 활동⋯⋯. 그 외에도 자잘하게 여러 가지가 있을 것이다.

제2의 인생이라는 말이 있다. 왠지 과장된 말인 것 같아

○ 일본에서 시작된 골프와 게이트볼을 혼합한 스포츠.

예전에는 질색하곤 했지만, '아니, 제2의 인생은 있다.' 부모님의 노후를 보며 든 생각이었다.

육아의 대부분을 떠맡아온 엄마도 내가 육아 같은 걸 했었던가? 하며 대수롭지 않게 생각하고, 아빠는 아빠대로 열정 바쳐 일했던 회사원 시절의 일을 이제는 거의 입에 올리지 않는다. 정년퇴직 후 한동안은 지난 시절을 그리워하는 듯 했었지만 지금은 자신의 밭에 무엇이 자라고 있는지 이야기하는 걸 훨씬 즐거워한다.

긴 가을방학에 들어간 아빠와 엄마, 식사에도 신경 쓰고 운동도 자주 한다. 본가에 돌아가 두 분의 모습을 보니 점점 나까지 노년의 대열에 합류한 기분이 든다. 밤에는 셋이서 차를 홀짝홀짝 마신다. 평온한 시간이다. 이럴 때 도쿄의 '나'는 환상처럼 느껴진다.

'로봇 레스토랑'에 갔던 '나'는 환영이지 않았을까?

로봇 레스토랑은 로봇과 인간의 쇼를 볼 수 있는 곳인데, 신주쿠와 가부키초라는 휘황찬란한 거리에 있다. 로봇 레스토랑의 내부도 조명 장식으로 번쩍번쩍했다.

"왠지 대단해, 정말로."

"정말이지, 뭔가 대단해."

다양한 로봇이 등장할 때마다 함께 간 사람들과 서로 감탄했던 밤. 그쪽이 허구이고, 본가에 있는 내가 진짜이지 않을까?

오사카를 떠나 도쿄로 돌아오는 신칸센. 신요코하마역을 지날 무렵 어느 쪽 세계든지 모두 나의 세계로구나, 문득 깨달으며 시나가와역에서 내렸다.

한국에서 3박 4일

서울은 도쿄보다 한발 앞서 가을이 깊어졌다. 노랗게 물든 은행나무 잎이 바람에 날려 우수수 떨어지는 모습은 어느 나라에서 보더라도 애달프다.

올여름 한국에서 만화상을 받았고 번역서도 계속 출간되었기 때문에, 이번에는 일로 가는 여행이다. 몇 번인가의 인터뷰와 북카페에서의 이벤트, 서점에서의 사인회. 평소 많은 사람 앞에 나서는 일이 없기 때문에 일본에서부터 긴장했지만, 더욱더 나를 고민하게 한 것은 무엇을 입고 갈까였다.

특히 북카페. 사진으로 카페를 미리 보았는데, 엄청 멋지다. 멋쟁이들이 모이는 멋진 카페다.

이런 멋진 카페에서 열리는 이벤트에 대체 나는 무엇을 입고 가야 정답인 걸까.

소탈해 보이지만 좀 세련되면서 우아한 이미지의 옷이란?

출발하기 일주일 전부터 매일같이 백화점 의류 매장을 돌았다. 이것도 아니고 저것도 아니고 고민 끝에, 티셔츠에 카디건을 입자!로 결정한 것은 좋았지만 티셔츠의 계절은 이미 지났기 때문에 마땅한 티셔츠를 찾기도 꽤 힘들었다.

최종적으로 구매한 것은 츠모리 치사토의 고양이 일러스트 티셔츠와 주카zUCCa의 카디건이었는데, 집에 돌아와 여기에 어울리는 바지를 찾아보니 모두 허리가 꽉 끼었다……. 하지만 출발은 이미 내일로 다가와 있었기 때문에, 배에 항상 힘을 주고 있기로 작전을 세웠다.

드디어 그 북카페에서의 토크 이벤트. 화기애애하게 진행되었고 마지막은 질의응답 시간. 내가 에세이에 쓴 '춤'에 대해,

"어떤 춤인지 알고 싶습니다."

예쁜 한국 여성으로부터의 질문.

그럼요, 그럼요, 당연히 보여드리고말고요. 나는 일어나 츠모리 치사토 티셔츠와 주카 카디건과 꽉 끼는 바지 차림으로 봉오도리°춤을 춰보였다. 모두가 좋아해서 일단 안심! 그리고 바지 단추도 튀어 날아가지 않아 또 안심.

무사히 마치고, 그날 밤엔 한국 출판사 분들과 고깃집에 갔다.

한국에서 먹는 숯불양념갈비.

출판사 사람들은 모두 한국인이니까 본고장의 먹는 법을 배울 수 있는 절호의 기회. 통역을 받으며 먹는 저녁식사다.

우선은 건배. 자신보다 나이 많은 사람 앞에서 술을 마실 때는 고개를 약간 옆으로 돌리며 마신다고 한다. 건배 후, 젊은 사람들이 일제히 옆을 향한 채 술잔에 입을 대길래,

"어느 쪽을 향하더라도 괜찮나요?"

○ 오봉(일본의 추석)에 다 함께 모여 둥글게 돌며 추는 춤.

물어봤더니 괜찮다고 한다.

"커피를 마실 때도 그렇게 하나요?"

술 마실 때만 그런다고 한다.

테이블에 놓인 찻잔 같은 그릇에는 맑고 투명한 국물이 들었고, 그 안에 김치가 절여져 있다. 스푼으로 한입 마셔보니 신맛이 나면서 개운. 모두 그 국물을 조금씩 마시고 있었는데, 고기 먹기 전에 마시면 소화에 좋을 것 같다. '물김치'라는 이름은 알고 있었지만, 본고장에서 맛볼 수 있었다.

양념갈비는 여러 가지 소스와 김치, 야채와 함께 먹는다.

"여기에, 이것을 얹어 먹어도 오케이인가요?"

이것저것 들으며 먹었다. 식당 점원이 커다란 고기를 가위로 자르면서 척척 구워주기 때문에 아~무일 안 해도 된다. 자유로워서 좋았다. 일본처럼 음식을 더는 공용 젓가락 없이 전부 자기 젓가락으로 음식을 집는 편리한 시스템이다. 친한 친구와의 식사처럼 편안한 분위기다. 양념갈비는 달고 부드러워 아주 맛있었다.

고기를 다 먹은 다음에 마무리는 김치찌개, 냉면, 누룽지 중 선택할 수 있었다. 내게 누룽지는 첫 경험이다. 건더기가 들어 있지 않은 오차즈케°와 비슷하달까? 눌러 붙은 밥이어서 약간 구수하면서 술술 넘어가는 느낌. 마지막에는 모두에게 따뜻한 매실차. 이것 역시 소화에 좋은 것 같다. 한국의 고기구이는 고기와 함께 야채도 많이 먹고, 식전식후로 소화에 좋은 음식이 곁들여져 건강에 좋다. 다음날 아침에 제대로 배가 고팠었기 때문에 일리가 있는 듯하다.

그리고 불가사의하게도 고기구이를 먹은 다음날 또 고기구이가 먹고 싶어진다! '고기! 고기라고!' 몸이 고기를 원한다며 달아오르고, 항상 많이 먹던 달콤한 음식은 그다지 당기지 않는다. 몸이 자연스럽게 여행지에 익숙해지는 것이 재미있었다.

여유 시간에 잠깐 관광하러 인사동.
"아사쿠사 같은 곳입니다."
출판사 분에게 이렇게 소개받은 곳이다. 메인 스트리트에는 전통 소품, 골동품 등의 상점과 갤러리, 음식점이 즐비하여 번화했으나, 작은 골목길을 엿보니 오래된 거리가 조용히 남아 있다.

기념품 가게를 어슬렁어슬렁 다니다 차 전문점인 카페에 들어가 잠시 휴식. 유럽여행과는 다르게 행인들이 같은 검

○ 녹차를 부은 밥에 김이나 매실 등의 고명을 올려 먹는 음식.

은 머리여서, 외국에 와 있다는 기분은 그다지 들지 않는다. 한국 출판사의 여성 두 명과 나. 그리고 일본에서부터 동행한 여성 편집자. 마침 일요일이었기 때문에, 휴일의 여성 모임처럼 느껴진다.

차를 마시다가 어린 시절의 놀이가 화제에 올랐다. 내가 기념품 가게에서 산 장난감의 놀이 방법을 그들이 가르쳐준 것이 계기가 되었다. 내가 산 것은 '공기'. 작고 투명한 케이스에 색상이 제각각인 눈깔사탕 같은 것이 다섯 개 들어 있었다. 플라스틱으로 만들어졌고 안에 고운 모래 같은 것이 들어 있다. 흔들면 사각사각 부드러운 소리가 났다.

"이렇게 하며 놀아요."

한국 출판사 분이 해봐주었다.

어머, 알아요, 알아요, 이 놀이. 일본에도 있어요! 일본의 '체인링' 놀이와 똑같아요.

다섯 개의 체인링을 공중에 던져 손등 위에 올리고 몇 개를 되잡느냐로 겨룬다. 초등학교 쉬는 시간에 종종 했던 놀이였다.

"일본에도 비슷한 놀이가 있어요!"

신이 나서 모두가 카페 테이블에서 '공기 놀이.'

그리고 한국에도 고무줄넘기 놀이가 있다 하여 이야기를

들어보니, 놀이 방법도 매우 비슷했다. 집안에서 기둥과 가구에 고무줄을 묶고서 연습했었다는 이야기까지 비슷하여 한바탕 웃음.

언어의 장벽 때문에 세세한 뉘앙스까지는 서로 통하지 않았지만, 비슷한 놀이를 하며 어른이 되었다는 점에서 따뜻한 친밀감이 솟아올랐다.

"일본에서는 비 오는 날 무엇을 먹나요?"

통역을 맡은 젊은 한국 여성이 함께 거리를 걷다가 묻길래,

"네? 비 오는 날 먹는 음식이요?"

무슨 말인지 처음엔 잘 몰랐다.

"한국에서는 비 오는 날에 먹는 음식이 있나요?"

반대로 질문해보니,

"한국에서는 비 오는 날에 부침개를 먹거든요."

라고 가르쳐주었다.

옛날부터 쭉 그래왔던 것 같다. 그래서 비가 오면 부침개가 먹고 싶어지고, 엄마가 만들어준다고 한다. 또는 짬뽕도 먹는다고 한다.

"짬뽕이란, 그러니까 라면 같은 것?"

"네, 맞아요."

하지만 매운 짬뽕이란다.

매운 짬뽕.

빨간 색이겠지?

한번 먹어보고 싶기도.

비오는 날 먹는 음식.

왠지 낭만적이다. 일본에서는 '비'라고 했을 때 딱히 먹고
싶어지는 음식은 없다. 여름의 무더운 날에는 소면, 겨울의
추운 날에는 역시 전골, 이 정도일 뿐이지, '비'에 모두가 공
통으로 먹고 싶어지는 요리는 존재하지 않는다.

오늘은 비가 오려나, 부침개가 먹고 싶어지네, 짬뽕도 좋
겠지.

빗소리를 들으면 먹고 싶어지는 음식이 있다는 것이 조
금은 부러웠다.

오늘의 저녁놀,

아마
오로라보다
신비로울 듯~

가끔 이렇게
생각하곤 한다.

도요카와 이나리 여행

~~~~~

설날을 오사카의 본가에서 지내고, 신칸센으로 도쿄로 돌아가다가 잠깐 관광을 하기로 했다. 올해의 첫번째 나홀로 여행이다.

나고야에서 내려 재래선 열차로 도요하시까지. 이곳에서 다시 갈아타고 아이치현의 도요카와로. 아이치현 가이드북에는 도요카와 이나리°앞 몬젠마치°°에서 이런저런 맛있는

음식을 먹을 수 있는 식당 정보가 실려 있었다. 도요카와 이나리가 이번 여행의 목적지다.

그 맛있는 음식 중 대표적인 것이 '이나리즈시(이하 유부초밥)'. 도요카와 이나리의 몬젠마치는 유부초밥의 발상지 중 하나인 듯하다.

어린 시절에는 유부초밥에서 유부의 단 맛이 아무래도 와닿지 않았다.

하지만 어느 틈엔가 서서히 좋아하게 되었다. 묘하게 편안해지는 음식이다.

도요카와역을 나오니 여우로 대성황. 여우 조형물에, 가게마다 손으로 만든 듯한 느낌을 물씬 풍기는 여우들이 앉아 있다. 스마트폰으로 찰칵찰칵 사진을 찍으며 느긋하게 걸었다.

5분만 걸으면 도요카와 이나리의 몬젠마치. 수많은 사람이 정월 첫 참배를 위해 방문한다. 관광안내소를 지나면 상점가가 펼쳐지며, 이곳저곳에서 맛있는 냄새를 풍긴다. 구운 치쿠와°를 볼이 미어지도록 입에 넣고 걷는 사람도 있다.

줄 서 있는 곳은 역시 유부초밥집. 도시락 상자에 든 것을

○ 대롱 무양의 어묵

기념품으로 사가는 듯하다. 나는 식당에서 천천히 먹을 생각으로 점심식사 전에 들어갔다. 대기석에 앉아 기다리는 사람들이 몇 사람인가 있었다. 기다리는 줄 끝에 섰다. 조금 지나자 한 쌍의 부부가 들어왔다. 부인이 말했다.

"어머, 줄 서 있네. 이름 적는 곳이 있을 텐데?"

부리나케 걸어 더 안쪽으로 들어간다. 이름 적는 종이가 놓여 있었다. 부인 쪽에서 이름을 적었다. 놀라 당황하여 나도 적었다. 따라서 나는 이 사람들 다음이다.

이런 경우,

"저기요, 제가 이름 적는 걸 몰랐어요. 제 이름을 먼저 적어도 괜찮을까요?"

라고 말하는 사람과 말하지 않는 사람, 어느 쪽이 많을까.

이름을 적었으니 뭐, 꼼짝없이 여기서 기다리지 않아도 되겠지, 그러고는 일단 지도에 나와 있는 기념품 가게를 어슬렁어슬렁. 10분 정도 다니다 돌아왔더니 수월하게 입장. 어쨌든 다행이다.

유부초밥 세 개와 '오키쓰네아게'라는 것을 주문했다. '오키쓰네아게'는 김 위에, 간장을 발라 바싹 구운 얇은 유부 한 장을 올리고, 흰색 부분만 채 썬 파를 듬뿍 올려 먹는 음식이다.

갓 만들어 뜨겁지만 이것이 너무나 맛있어서, 맛있어 맛

있어 감탄하며 우걱우걱 먹고 있는데, 조금 떨어진 자리의 노부부가,

"저 사람이 먹는 음식, 뭘까, 맛있어 보이네."

"식당 점원에게 물어보자"

하고 점원을 부르더니,

"저쪽 사람과 같은 것으로 하나요."

라고 말하는 소리가 들렸다. 유부초밥은 좀 작아서 덥석 한입에. 접시에 세 종류가 올려져 있었는데 와사비 맛이 특히 맛있었다.

도요카와 이나리는 사업 번창의 신으로 익히 알려져 있어서 1월 5일 시무식을 하며 전 직원이 참배하러 온 모습도 보였다. 복을 비는 구마데°를 파는 상점도 있다.

배도 채웠으니, 드디어 도요카와 이나리로.

○ 신사나 절에서 판매하는 복을 긁어모은다는 복갈퀴.

흰색 깃발들이 죽 늘어선 모습이 아름답다. 인파에 휩쓸려 걷다보면 '레이코즈카°'에 도착한다. 돌로 된 여우상이 빽빽하다. 장관이다.

여우 앞에는 아주 커다란 바위가 있었다. 그 바위의 작은 구멍 속을 모두가 얼굴을 들이밀며 들여다보고 있다. 들여다보기만 할 뿐 아니라 나뭇가지로 후비적후비적. 무언가를 후벼 파내려 하고 있었다.

뭐지?

한동안 보고 있었는데도 알 수가 없어 후비고 있는 한 여성에게 물어보았다.

"뭔가 잡히는 게 있나요?"

"돈이요. 돈이 들어 있어요."

"넷? 돈이요? 가져도 되는 건가요?"

"그럼요. 끄집어낸 그 돈을 지갑에 넣어두면 복을 받는다고 해요."

음. 한번 해볼까.

하지만 전혀 잡히지 않는다. 작은 구멍 안쪽의 더 안쪽으로 1엔짜리 동전이 보이지만 모래에 묻혀 있는 데다가 작은

○ 이나리 신의 사자인 여우를 모셔놓은 여우무덤. 약 1천 개의 여우 석상이 있다.

나뭇가지로는 좀처럼 닿지 않는다. 그것을 모두 끈기 있게 후비적후비적 파고 있다. 잠시 도전했지만 실패. 끄집어낸 돈을 지갑에 넣어뒀다가 복을 받았다고 생각되면, 이 바위에 다시 돈을 집어넣으러 온다고 한다.

도요카와 이나리를 나와서 오래된 찻집에서 잠시 휴식.

단팥죽을 주문했더니 단맛이 딱 적당한, 내가 좋아하는 맛이다. 간 맞춘 솜씨가 절묘하다. 그렇다. 단팥죽은 간이 중요한 음식이다. 나는 만들지 못하지만……. 팥도 큼직해서 먹음직스러워 보인다. 오늘 이 거리에서 먹은 것은 모두 만점이라 생각하니 기쁘다. 기분 좋은 새해다.

곰곰이 생각하니 나고야까지 되돌아가 신칸센을 탈 필요 없이 도요하시에서 출발하는 열차를 타면 되지 않을까?

역에서 깨닫고는 그렇게 해보니 도쿄까지는 한 시간 30분 정도. 뭐야, 이렇게 가까웠던 거야? 난 아직 멀었구나. 내가 모르는 장소가 아직도 많다. 올해도 열심히 다녀야 할 듯하다.

내게는 완벽한 일요일

일요일에 심야 영화를 보러 갔다.

신주쿠에서 9시부터지만 좀 어슬렁거려볼까 하는 생각에 해질녘 집을 나섰다.

'신주쿠3초메'라는 지하철역에서 내리면 항상 빨려 들어가듯 이세탄백화점 입구까지 휩쓸려간다. 그리고 매번, 정말 매번 백화점 지하매장°에 있는 피낭시에 가게에 도착해 버리고 만다.

○ 신주쿠 이세탄백화점 지하매장은 명품 디저트 가게가 모여 있기로 유명하다.

예전에 선물로 받고나서부터 완전히 팬이 되어 '이세탄에 가면 피낭시에를 사는 법칙'이 내 안에 생겼다.

하지만 몸무게를 2킬로그램 정도 줄이고 싶다고도 생각하므로 버터가 듬뿍 든 피낭시에는 한동안 참기로. 그래도…… 보는 것 정도는 괜찮겠지 하면서 진열장을 들여다보니, 계절 한정 초코 피낭시에가 줄지어 있는 것 아닌가.

함께 간 그에게 종알거린다.

"만약을 위해 한 개 사둘게."

무엇을 위한 만약인가.

스스로를 나무라며 초코 피낭시에를 가방에 넣고 간신히 지상으로 탈출한다.

영화관에서 티켓을 사서 자리를 확보한 뒤에는 차의 시간.

"저기가 좋겠어."

둘이서 자주 가는 경단 가게. 매번 경단 꼬치 두 개로 이루어진 세트를 먹곤 하지만, 나는 여기서도 또 계절 한정 '밤이 든 단팥죽'.

이후는 잠시 각자의 자유 시간이다. 경단 가게 앞에서 헤어져 한 시간 뒤에 다시 만나기로 한다. 나는 인테리어숍을 들여다보기도 하고, 거리를 홀홀 걷기도 한다. 평소 걷지 않던 길에서 핫케이크 가게를 발견하고는 다음에 나 혼자 갈

가게 리스트에 올린다(마음속으로). 그렇구나, 이제 곧 밸런타인데이구나. 얼마 전 잡지를 보다가 리스트에 추가한 초콜릿 숍에 이번 주에는 꼭 가야겠다고 새로이 다짐한다.

그러는 사이 그와 만날 시간. 영화 보기 전에 따뜻한 음식이라도 먹으려고 라면가게로. 스마트폰으로 검색한 처음 가보는 가게다.

"맛있어."

서로에게 이렇게 말하며 가게를 나서는데, 바로 앞에서 계산을 마친 남성 손님 중 한 사람이,

"지극히 평범한 맛이네요."

"기본 정도였어요."

라고 말하는 소리가 들렸다. 그런가, 그런 거였나.

영화관은 붐볐다. 〈백 엔의 사랑〉이라는 영화. 주인공인 안도 사쿠라 씨가 처음으로 권투 시합을 하는 장면이 있는데, 라커룸에서 나올 때의 표정에 넋을 잃었다. 넋을 잃고 감동의 눈물을 흘리다가 영화 관람이 끝난 후, 이세탄 뒤편의 어두운 골목을 걸으며 숙숙 권투 흉내.

빌딩 사이로 이지러진 겨울달이 보였다. 그렇지만 나의 일요일은 흠잡을 데 없이 완벽한 동그라미였다. 영화관에서 먹은 초코 피낭시에도 물론 맛있었다.

올 봄의 생각

~~~~~

 하네기 공원은 매화의 명소다. 하얀 매화, 붉은 매화, 모두 합해서 약 650그루. 2월에는 매화 축제가 열리는데, 매해 손꼽아 기다린다.

 올해도 매화의 개화 정보에 눈을 부릅뜨고 주시하다가 기다렸다는 듯이 길을 나섰다. 먹거리 포장마차가 즐비할 테니까 아침식사는 생략이다.

 하네기 공원은 작은 산처럼 생겼다. 봉긋한 모양이 정말 귀여워 보인다. 그 동산에서 매화는 절정을 맞이하고 있었다.

"안녕, 활짝 피었구나."

매화나무들이 수줍은 표정으로 서 있다.

한 그루, 한 그루, 품종 팻말이 걸려 있었다.

"안녕, 안녕하세요."

꾸벅꾸벅 인사하면서 돌아다니고 싶어진다.

백매, 능수매, 8중 엽매.

모두가 매화 이름이다. 얼핏 봐서는 어떻게 다른지 잘 모르겠는 것도 있지만,

"어머, 이거 맘에 들어!"

하는 것도 있다.

내가 맘에 들어 하는 것은 '요로養老°'라는 이름의 홑겹 매화다. 청초하다. 무상한 듯한 모습이다. 하지만 실제는 심지가 강하고 정의감이 있는 그런 이미지.

그리고 생각한다.

내가 매화였다면 확실히 '요로'는 아니겠지. '요로'를 동경하는 복잡한 8겹 매화일 것이다.

이렇게 자신을 다른 세계의 대상으로 바꾸어본다.

만약 내가 빵이라면?이라든가.

○ 일본 와카야마현이 원산지로 에도 시대에 요로 마을에서 가져온 것이 이름의 유래.

개방적인 성격은 아니니까 오픈샌드위치는 확실히 아니다. 전체가 다 보이는 피자 토스트도 아니다. 그렇다고 해서 식빵처럼 깨끗하지도 않고, 샌드위치처럼 야채나 햄과 조화를 이루는 여유도 없다.

어느 쪽인가 하면, 안에 재료를 감춘 타입의 빵이지 않을까. 크림빵이라든가 단팥빵이라든가.

매화를 보면서 그런 생각을 하다 보니, 다리는 자연스레 포장마차 쪽으로 어슬렁어슬렁. 맛있는 냄새가 난다.

매화 축제의 포장마차에서 매년 반드시 먹는 것은 '소바가키°'. 뜨거운 야채 장국에 소바가키가 들어있다. 가루 양념인 시치미를 팍팍 뿌려서 먹는다.

아아, 봄이 왔구나.

벚꽃이 피면 핀 대로 또 똑같은 말을 중얼거리겠지.

° 메밀을 면 상태가 아닌 덩어리째 먹는 음식.

와이파이 연결

조금 전 시부야에 있는 애플 스토어에 가서 물어보고 왔다.

카페에서 노트북을 인터넷에 연결하는 방법.

듣고 있을 때는 아주 간단해 보였다.

"알았습니다. 감사합니다."

매장을 나와서 업무 미팅이 있는 호텔 카페로 향한다. 협의는 막힘없이 끝나서,

"아, 저는, 여기서 잠깐 일하다 갈게요."

이렇게 말하고는 지금, 혼자 이렇게 노트북을 열고 있다.

모르겠다.

와이파이 접속법을 모르겠다.

뭔가 패스워드 같은 것을 매장 직원에게 물으면 가르쳐주는 경우라든가, 계산대 등에 붙은 스티커에 뭔가가 쓰여 있는 경우라든가 여러 가지가 있다고, 애플 스토어 직원이 말했었다.

어떻게 하지. 손을 들어 직원을 불러서는,

"인터넷을 사용하고 싶으니 패스워드를 알려주세요."

라고 말하면 되는 것일까?

이 질문에 이상한 부분은 없을까. 불안해서 행동으로 옮겨지지 않는다.

고급 호텔이다. 내 주위에 앉은 손님들도 정장 차림의 남성이 많다. 정치인 같은 사람, 백발의 대기업 회장인 듯한 사람은 있지만, 나처럼 배낭을 메고 온 사람은 없다.

아니야, 배낭을 메긴 했지만, 오늘은 가죽구두를 신었고 주름 잡힌 검정 바지에 흰색 브이넥 니트의 격식 있는 차림이다. 그렇게까지 캐주얼하지는 않으니까 이 공간에 붕 떠 있다 할 것도 없다.

우선은 갖고 있는 스마트폰으로 검색해봐야지.

'○○ 호텔 와이파이 환경'이라고 입력해보았다.

'유저네임과 패스워드가 필요합니다.'

라고 나온다.

역시 손을 들어 물어봐야만 인터넷을 사용할 수 있는 것 같다. 유저네임, 내 이름을 말하는 걸까? 유저네임에 대해선 처음 듣는다.

남녀가 앉은 옆자리 테이블에서,

"오늘의 아군은 내일의 적."

이런 말이 들려왔다. 무슨 이야기일까. 무섭다.

멀리 있는 백발의 회장님 테이블에는 사람이 점점 불어난다. 처음엔 세 명이었는데 지금은 일곱 명이 되었다.

빨리 와이파이 의문을 해결하고 싶지만 용기가 나지 않는다. 아무래도 이곳에서 시도하는 건 포기해야 할 듯싶다. 두 시간 후 과일 카페에서 업무 미팅이 있으니, 그곳에서 업무 관계자에게 물어보기로 결심하고 일단은 노트북을 닫는다.

하지만 다시 열었다. 뒷자리 손님이 돌아갔으니 곧바로 담당자가 식기를 정리하러 올 터이다. 그때 자연스럽게 물어보면 어떨까.

그렇게 생각하고는 기다렸지만, 정리하러 온 담당자가 외국 여성이어서 주눅 들어 말도 못 걸었다.

백발의 회장이 돌아갔다. 모두 일어나 인사를 한다. 회장은 이 호텔 카페에 몇 번이고 아니, 몇만 번이고 왔을 테지만, 와이파이 환경에 대해 고심해본 적은 없을 것이다.

"다나카 군, 부탁하네."

비서에게 한마디 하면 만사 오케이다.

고독하다. 키보드를 이토록 빠르게 칠 수 있음에도, 나는 지금, 이곳에서 인터넷을 못 하고 있다. 당장 이메일로 이 원고를 보내 카페에서 노트북 사용하기에 데뷔했음을 편집자에게 전하고 싶다.

애써 원고를 치더라도, 밤에, 귀가한 후에나 송신 버튼을 누르게 되리라 생각하니 안타깝다.

우연히 아는 사람이라도 오지 않을까?

그러면 물어볼 텐데.

하지만 어떻게 생각하겠는가.

고급 호텔에 있는 카페에서 노트북을 열고 점잔 빼고 있구나 생각했더니, 와이파이 접속 방법을 모른다.

집에서 하라고!

이렇게 내뱉으며 지적할 정도로 친한 지인이라면 괜찮지만, 마음속으로만 지적할 정도의 지인이라면 너무 창피하다.

커피를 한 잔 더 주문해보는 방법이 있었지. 그때 묻는다면! 좋은 아이디어다.

단점이라면 이 호텔의 커피 가격이 모르긴 몰라도 1,200
엔 정도는 하리란 점이다. 식빵 몇 개 가격인지를 생각하니
무료 와이파이를 위해 너무 낭비한다는 생각도 들었다. 지
방에 계신 엄마가 안다면 "적당히 좀 해라" 하며 분명 꾸짖
으시겠지.

그렇더라도 이 호텔의 공기 관리상태는 아주 좋다. 바깥
은 꽃가루 지옥이지만 이곳에 왔더니 눈도 가렵지 않고 코
도 훌쩍거리지 않는다.

와이파이만 해결하면 내일부터 이곳으로 일하러 와도 좋
을 정도다.

했다. 드디어 해냈다!

방금, 불쑥 옆을 지나던 여성 직원에게,

"와이파이는 어떻게 해야……."

했더니, "지금 패스워드를 가져다드리겠습니다" 하면서
뭔가를 가지러 갔다.

"여기 있습니다."

전달받은 종이에는 암호 같은 것이 여러 개 적혀 있다. 대
체 어느 것을 입력하라는 건지 모르겠다. 적당히 이것저것

입력했더니,

"정보가 유출되는 경우도 있습니다만, 괜찮습니까?"

노트북이 이렇게 물어왔다. 놀라 당황해서 노트북을 닫기 1초 전이다.

나홀로 삿포로 여행

3월 말의 삿포로는 두꺼운 코트가 필요할 정도로 으스스 추웠다. 그늘에는 아직 눈이 남아 있었다.

아무 계획도 없이 나홀로 삿포로 3박 4일 여행. 꽃가루로 부터 도망쳐 왔다.

신치토세 공항에 도착한 것은 3시 넘어. 배가 고파 공항 안에 있는 '홋카이도 라면 도장'이라는 구역에서 된장버터 라면을 먹는다.

소화도 시킬 겸 공항의 기념품 판매 구역을 산책한다. 신 치토세 공항의 기념품 구역은 어쨌든 넓다. 그리고 즐겁다!

돌아가는 비행기 시간을 신경 쓰지 않아도 되므로 실컷 빈둥거렸다. 결국 세 시간 정도 공항에 있었던 것 같다.

널찍한 푸드코트에도 들렀다. 우동가게, 햄버거가게, 아이스크림가게 등 다양한 가게가 즐비했고, 구매한 음식을 맘에 드는 자리에서 먹을 수 있었다. 나는 따뜻한 커피를 선택. 창밖으로 비행기가 이륙하는 모습이 보였다.

건물에서는 끊임없이 방송이 흘렀다. 비행 안내다. 일본어 다음으로 영어가 나온다.

첫 해외여행은 전문대생 시절에 '연수'라는 이름의 관광여행이었다. 이탈리아, 프랑스, 영국의 3개국.

여행할 때 여행 가방은 어떻게 해야 하나.

가족 중 누구도 해외엔 가본 적이 없었으므로 당연히 집에 있을 리도 없었다. 사더라도 좁은 우리 집에 수납할 공간은 없다.

빌려주는 가게가 있다는 걸 엄마가 듣고 와서는 둘이서 빌리러 갔다. 인도에까지 물건이 넘쳐서 빌리는 물건인지 그냥 놓아둔 물건인지 또는 버리는 물건인지 알 수가 없는 그런 가게였다. 거기서 하늘색 여행 가방을 빌려 엄마의 자전거 뒤에 싣고 둘이 걸어서 돌아왔다.

우리 등 뒤로 석양이 비치며 긴 그림자를 드리웠다. 친구를 만나지 않을까, 내심 조마조마했다. 보이고 싶지 않았다. 낡아빠진 여행 가방을 엄마와 들고 돌아오던 내게는 해외여행 따위 분수에 맞지 않는다고 생각했었다.

그것은 일생일대의 사치였다.

그런 기분으로 덤벼든 첫 해외여행이었다.

커피를 마시고 이제 삿포로 시내로.

창밖은 완전히 어두워져 있었다. "자, 그럼" 중얼거리며 푸드코트에서 일어나던 그 순간 보고야 말았다. 맞은편 자리에 앉은 서른 남짓의 여성이 혼자 생맥주를 마시고 있었는데, 안주는 웬걸 소프트아이스크림.

맥주와 소프트아이스크림!

공항에는 터무니없이 제멋대로인 바람이 불고 있었다.

마루야마 동물원에 가보기로 하고 점심 전에 호텔을 나섰다. 거리에는 군데군데 눈이 남아 있었지만, 장갑까지는 필요 없을 것 같았다.

큰길을 걷는데 갑자기 삐리릭 느낌이 왔다.

맛있는 빵가게다!

가게 외관으로 알아버렸다. 그 가게에서 '맛있는 광선'이
번쩍번쩍 발산되고 있었다.

어쨌든 사자. 사서 동물원 벤치에서 먹어도 좋을 거야. 호
텔에 조식은 딸려 있지 않았으므로 마침 잘 되었다.

가게 안에는 갓 구운 빵이 즐비하다. 샌드위치도 피자도
있다. 이것저것에 눈이 쏠려 고를 수가 없다. 달콤한 것과
매운 것을 골고루 해야지. 하지만 어쩌지. 러스크도 있고 스
콘도 있다. 앞으로 이틀 더 묵으니 내일 또 오면 되겠지만
선뜻 고를 수가 없다. 자신과의 싸움이다. 고민에 고민을 더
한 결과, 산 것은 밀크프랑스와 앙버터. 달콤한 빵만 두 개
라는 이상야릇한 선택이 되어버렸다……

빵을 달랑달랑 들고 성큼성큼 걷는다. 나중에 보니, 마루
야마 동물원까지는 지하철과 버스를 이용하는 것이 정답이
라고 판명 났을 정도로 걷기 힘들었지만, 별다른 일정도 없
었기 때문에 좋은 운동이 되었다. 가는 길에 근대미술관에
들어갔다. 전시회는 보지 않고, 2층 휴식공간에서 사온 빵
을 먹었다(생각했던 대로 맛있어서 이번 여행에서 매일 가게
된다). 정원이 귀여운 미술관이었다.

마루야마 동물원은 산 쪽에 있어서, 원내에는 아직 눈이 쌓여 있었다. 추위에 강한 홋카이도 사슴이나 늑대들이 잘 어우러져 있다.

특히 늑대.

어린 소녀가,

"개야? 무서워."

라고 아버지에게 얘기하는 목소리가 들렸다. 눈 위에 선 늑대는 굉장히 박력있어 보였다.

저녁식사는 가이드북에 실려 있던 맛있는 수프카레 가게에서. 밤에는 호텔에서 텔레비전으로 장기 기사인 하부 요시하루°씨와 이전 세계 체스 챔피언의 대담 프로그램을 봤다. 하부 씨의 '진실'을 말하는 모습을 좋아한다. 텔레비전에 출연할 때는 녹화해서라도 꼭 본다.

빵, 늑대, 수프카레, 하부 씨. 완벽한 흐름을 무너뜨리지 않도록 내일도 삿포로를 만끽해야지! 그러다 잠이 들었다.

신문을 사서 호텔을 나선다. 삿포로 나홀로 여행 3일째. 오전 10시 30분.

° 일본의 뛰어난 장기 기사. 기단 최초로 전체 7개 타이틀을 석권했다.

목적지는 정해져 있다. 어제 발견한 빵가게. 어떤 빵을 살까~ 신바람 난 발걸음이다.

하지만 사더라도 바로는 먹지 못한다. 왜냐하면 우선은 수프카레를 먹을 예정이기 때문이다. 수프카레의 야채는 큼직큼직하다. 카레라기보다는 따뜻한 야채샐러드일 정도로 많은 양의 야채를 먹을 수 있는 음식이어서 아침식사로 제격이었다. 전날 밤에도 수프카레를 먹긴 했지만 부리나케 잡지에 실린 또 다른 식당으로 향했다. 방금 산 크림빵은 나중에 어디에선가 먹을 '간식용'이다.

나홀로 여행에서 레스토랑에 혼자 들어가는 게 내키지 않을 때의 요령이라는 것이 있다. 아주 간단하다. 오픈 시간에 들어가는 것이다. 아침 11시 오픈이라면 11시에. 저녁 5시 오픈이라면 저녁 5시에. 가장 먼저 들어가니까 물론 비어 있고, 자리에 앉을 때도 주변에 손님이 없으므로 마음이 편하다. 요리를 시키더라도 다른 손님 다음이라는 것이 없는 셈이니까 빨리 나온다. 식당이 혼잡해지기 전에 "잘 먹었습니다~"가 된다.

이날도 가장 먼저 수프카레 식당에 도착. 쓱싹 다 먹고 식당을 나와 소화도 시킬 겸 산책. 맘에 드는 카페에서 커피를 마시고 신문을 보며 몸을 녹인다. 이 상태로 두 시간 정도 그곳에서 책을 읽기도 하고 원고를 보기도 하다가 카페를 나와서는 다시 산책.

겨울의 파리 같구나. 그런 생각이 들었다. 약간 흐린 날씨의 삿포로 거리. 도로가 넓어 여유가 있다. 카페가 많다. 맛있는 빵가게도 있다. 에펠탑(삿포로 텔레비전탑)도 있다. 우수에 젖어 아름답다.

전문대 연수 여행으로 파리에 처음 방문했을 때, 샹젤리제 거리의 카페에 들어갔었다. 하루 동안의 자유 시간. 친구 세 명이 용기를 쥐어짰다.

안내받은 자리에 앉아 빨간색 표지의 메뉴를 펼쳤다. 그렇지만 읽을 수 있을 리 없다.

"이것과 이것과 이것 주세요."

적당히 손가락으로 가리켰다.

뭐가 나올까?

두근두근하면서 기다리던 일은 기억나지만, 뭐가 나왔었는지는 기억나지 않는다. 하지만 뭔가를 먹었고, 일본어로 "잘 먹었습니다. 맛있었습니다"를 메모로 남기고는(우리의 얼굴 그림도 넣어서), 신나서 떠들며 카페를 나섰던 일이 기억난다.

기억이란 신기하다. 봉지에 든 마카로니를 억지로 연결

해 한 묶음으로 만드는 것 같다.

삿포로.

카페, 산책, 카페, 산책을 반복한 즐거운 하루!

아침에 산 빵은 타이밍을 놓쳐 결국 밤에 호텔 방에서 먹었다.

거리 한 군데만 돌아보는 여행에는 일상의 진국이 들어있다.

어제 갔던 빵가게에 또 간다.

그저께 갔던 카페에 또 간다.

이 길도 걸었었다.

이 편의점에서 신문과 물을 샀었다.

잠깐이지만 '이곳에 사는 나'가 되어 또 하나의 인생을 살아간다는 느낌을 맛볼 수 있다.

3박 4일의 삿포로 여행도 마침내 마지막 날. 아침식사는 정했다. 샌드위치다. 아침부터 영업하는 커피와 샌드위치 가게가 있다 하여 일찍 일어나 나섰다.

오도리 공원 근처. 빌딩 지하로 내려간다. 자꾸자꾸 내려간다. 무려 지하 3층. 정말로 있는 걸까? 걱정될 즈음 느닷

없이 가게가 보이는데 제법 붐볐다. 만석에 가까울 정도다. 늦은 걸까? 어딘가 빈자리로 안내받았다. 일단 안심이다.

그러나 메뉴를 펼치니 이 또한 큰일! 샌드위치 종류가 매우 다양했다. 여러 가지로 조합이 가능하기 때문에 진지하게 생각해야만 한다. 왕게 샐러드, 훈제연어, 멘치카츠, 감자 샐러드, 새우튀김, 참치 등등 다양한 샌드위치가 있다.

머릿속 회의 끝에 나는 과일 샌드위치와 달걀 샌드위치의 조합으로 주문. 유명한 가게인 듯 지역 주민들과 관광객 같아 보이는 사람들이 섞여 있었다. 맛있어~ 생각하면서 식사를 마쳤다.

행복한 기분으로 지하 3층에서 지상으로 나오자 삿포로 텔레비전탑이 우뚝 솟아 있다. 오전 10시. 비행기 탑승까지 시간은 충분하다.

전망대에 올라가볼까.

삿포로 텔레비전탑 바로 아래까지 걸어가니, 노부부가 대파 싸우고 있었다. 둘 다 배낭을 메고 있으니 관광하러 왔을 텐데. 남편 혼자 버럭버럭 고함을 지르고 있지만, 가만히 있는 부인 쪽도 '대꾸할 준비는 되어 있다'는 얼굴로 서 있었다.

그들을 지나서 안으로 들어가 티켓을 사서 엘리베이터로

삿포로 텔레비전탑의 전망대에 올랐다.

삿포로 시내가 한눈에 들어왔다. 오쿠라 산은 눈으로 덮여 있었다. 흰색은 아름다운 색이구나 생각한다.

초등학교 미술 시간에 선생님이 말씀하셨다.

"흰색이라는 색상은 어떤 색을 섞더라도 만들 수가 없단다."

그날, 나의 작은 몸은 전율을 느꼈다. 흰색의 위대함에 감동했다. 노란색과 파란색 물감을 섞었더니 '초록색'이 되었을 때 느끼는 감동 그 이상이었다.

전망대에는 15명 정도의 고등학교 남학생 무리가 있었는데, 그중 한 명이 "그분들, 아직 싸우고 있어!"라고 말하는 소리가 들렸다. 바로 아래에 아까 그 노부부가 콩알만하게 보였다.

"뭐, 아직도 그런다고?"

다른 아이들도 대폭소. 들어올 때 봤구나.

설마 했지만 30분 뒤에 내려갔을 때도 그들 부부는 여전히 같은 장소에서 계속 싸우고 있었다. 하지만 상황이 완전히 바뀌어 부인이 우세해져 있었다.

나홀로 여행.

신치토세 공항에서 내 기념품으로 치즈와 국물용 다시마를 사서 도쿄로 돌아왔다.

어느 집에선가 풍기는
저녁밥 냄새를
나도 모르게 찾고 있다.

숙제

인간에게 수명이 있듯이 태양에도 수명이 있는 것 같다. 대략 50억 년 후인 듯하다.

태양조차 수명이 있다는데 나는 매일매일 여덟 시간 가까이 잠을 잔다. 내 인생의 시간 배분에 불안해진다.

그래서 이것저것 손을 대기 시작해 업무용 책상은 진행 중인 만화로 어수선하다. 그에 비해 내일 있을 영어수업 시간까지 단어 열 개를 외워야 하는 숙제에는 손을 놓고 있었다.

최근 시부야에서 마주치는 외국인 관광객 수는 엄청나다.

하치공 출구° 쪽의 스크램블 교차로는 낮이나 밤이나 관광객으로 넘쳐난다. 가이드북을 한 손에 들고 목적지로 향하는 사람들. 무심코 들여다본 페이지에는 회전초밥집, 돈가스점, 선술집 등에 동그라미가 쳐져 있기도 하다. 저마다 일본에서 좋은 추억을 만들고 돌아갔으면 좋겠다고 생각한다.

그래서 시간이 있을 때는 길에서 헤매는 외국인에게 말을 걸기도 한다.

"아시겠어요?"

일본어로 말을 건다. "Can I help you?"라고 말하지는 않는다. 영어를 잘하는 사람으로 착각할 수도 있으니까. 우선은 일본어로 말을 걸며, 영어는 못 하지만 그래도 뭔가 당신을 돕고 싶었다!라는 자세를 취하는 것이 중요하다. 거기에 따뜻한 시간이 흐른다.

단어와 몸짓 손짓으로 지하철 승강장을 가르쳐주기도 하고 또는 승강장까지 안내해주기도 한다.

"땡큐!"

"바이!"

○ 하치라는 개의 동상이 있는 쪽 지하철 출구, 약속장소로 유명하다.

헤어진 후 내게도 약간의 포상이 있다.

"환승역이 영어로 뭐더라?"

좀 전엔 몰라서 "체인지! 체인지!" 하며 지도를 가리켰을 뿐이지만 스마트폰으로 검색하며 복습한다.

"호오~ 환승역은 transfer station이구나~ 기억해야지."

뭐 까먹을 때도 많지만…… 기억할 때도 있다. 내 방 책상에서는 할 수 없는 촌스러운 영어수업이다.

한 달에 한 번, 더없이 행복한 순간

한 달에 한 번, 전신 아로마 마사지를 받는다.

거의 알몸 상태로 앞면과 뒷면을 합쳐 90분. 더없이 행복한 순간이다.

우선은 천천히 하반신부터. 침대에 엎드린 채 딱딱해진 장딴지를 주물러 풀고, 발바닥의 군은살도 제거해준다. 엉덩이, 등, 어깨가 끝나면 뒤집어서 앞면. 이 마사지 숍은 배와 목선은 물론 가슴에 이르기까지 충실하다. 시술자는 물론 여성이다. 집으로 돌아가는 길은 도라에몽처럼 지면에 살짝 떠서 걷는 듯이 가뿐하다.

중학교 2학년 무렵이었을까.

친구의 가슴을 뒤에서 주무르는 것이 여학생들 사이에서 유행했다.

"방심했네~"

하면서 쉬는 시간의 교실이나 이동 중인 복도에서 갑자기 가슴을 부비부비하는 놀이. 돌이켜보면 남학생들을 어질어질하게 했던 건 아닐까?

그 무렵 우리들의 가슴은 딱딱했다. 건드리기만 해도 아팠기 때문에 주무르면 모두 몸부림쳤다. 이상한 유행이었다.

손톱 손질이 유행일 때는 일편단심으로 손톱을 손질했다.

쉬는 시간이 되면 책상 안에서 산리오 캐릭터의 손톱손질 도구를 꺼내, 오로지 손톱 손질에만 몰두했다. 확실히 기억하건대, 손질법은 3단계여서 다듬기, 정돈하기, 마무리하기 같은 것들을 하는 데 품이 들었다. 그래서 1~2교시 쉬는 시간엔 다듬기, 3~4교시 쉬는 시간엔 정돈하기, 오후에야 간신히 마무리하기. 그 정도로 정성스레 하면 여자의 손톱은 매니큐어를 바른 것처럼 윤이 났다.

"지나치게 하면 손톱 얇아져!"

선생님들에게 주의를 들어도, 그래서? 정도로 반응한 우리들이었다.

우린 젊고, 손톱은 얼마든지 자랄 텐데.

나는 선생님들이 정말로 정말로 불쌍했다. 어른이 되어 이미 미래 세계에 와버린 슬픈 사람들. 미래가 없다는 건 어떤 기분일까? 아무런 즐거움도 없겠지.

미래는 '머나먼'으로 한정되는 게 아니야, 1개월 후도 엄연한 미래라고! 당시의 나에게 이렇게 말해주고 싶다. 한 달에 한 번, 더없이 행복한 아로마 마사지. 그 시간이 내일로 다가왔다.

길러보면 안다

"강낭콩 모종 있어?"

친구에게 문자가 왔다. 지난해, 화분에 방울토마토를 길렀던 일이 즐거웠던 나는 바로 답신한다.

"갖고 싶어! 완두콩 엄청 좋아해" ← 여기서부터 슬슬 콩이 이상해져 간다.

잠시 후 도착한 친구의 문자.

"미리야, 완두콩이 아니라 꼬투리 완두콩인데 괜찮아?" ← 또 콩 종류가 바뀌었다.

나는 다시 답신한다.

"갖고 싶습니다!" ← 이제는 뭐라도 다 좋다.

잠시 뒤 친구가 모종을 한 포기 가져다주었다.

"그래서 결국 무슨 콩이라는 거야?"

확인해보니 '잊어버렸다'는 것.

"콩은 콩인데, 길러보면 알겠지 뭐~"

이렇게 말하곤 헤어졌다.

어린 시절의 기억이 선명하네요,라는 말을 듣곤 한다. 하지만 빠트린 기억도 물론 많으리라 생각한다. 이에 대한 좋은 예가 나팔꽃 관찰이다.

여름방학 숙제로 관찰일지를 적었을 테지만 거의 기억나지 않는다. 흐릿하게 기억나는 것은 공동주택 복도에 화분을 두었던 광경 정도.

야나기사와 게이코의 에세이집 『이중나선의 나』 중에 어린 시절 에피소드로 이런 글이 있다.

'풀과 꽃은 어째서 스스로 움직이지 않는 것일까? 어째서 소리를 내지 않는 것일까? 나는 언제까지고 언제까지고 화초 위로 몸을 숙이고 만지면서 시간을 보냈다.'

후에 야나기사와 씨는 생명과학자가 되었는데, 역시 유소년 시절부터 화초나 곤충에 강한 흥미를 보였음을 이 책을 읽다보면 알게 된다.

어린 시절에는 어쨌든 자신의 일로 힘겨웠다. 그래서 반 친구들이 어떤 일에 집착하는지 깨닫지 못했지만 있었음에 틀림없다. 엄청난 열정으로 나팔꽃을 관찰했던 아이. 그 일지에는 분명 아름다운 '깨달음'이 적혀 있었을 것이다.

친구로부터 받은 모종은 점점 자라더니 어느 날 아침, 가날프게 자란 강낭콩이 되어 있었다.

원하는 것을 가질 수 없다

원하는 것이 수중에 들어오지 않는다.

이를테면 우산.

새 우산을 사야겠다며 집을 나섰다. 무늬 없는 것을 사기로 마음먹었다.

무늬 옷을 입었을 때 써도 요란스러워 보이지 않는 것이 좋으리란 이유에서다. 색상은 빨간색. 썼을 때 안색이 밝게 보여서다.

그리고 그날, 내가 백화점에서 산 우산은 빨간색이긴 하지만 무늬 없는 것은 아니었다. 무늬가 잔뜩. 체크무늬 빨간 우산이다. 50퍼센트 할인중이었다.

나는 매장에서 자신을 설득했다.

'내가 원했던 무늬 없는 우산은 아니지만, 색상이 빨강이라는 점은 분명하잖아.'

자신에게 설득당해 체크무늬 빨간 우산을 들고 집으로 돌아왔다.

또 어느 날.

르크루제 냄비가 오래되어 새것을 사기 위해 집을 나섰다. 색상은 쓰던 것과 똑같은 빨간색으로 정했다. 빨간 냄비는 요리를 맛있어 보이게 하고, 주방에 두기에도 예쁘장했다.

그러나 결국, 내가 들고 돌아온 것은 회색이었다. 상품 교체로 20퍼센트 할인을 받을 수 있었기 때문이다.

나는 또다시 매장 앞에서 자신을 설득했다.

'르크루제 냄비는 거의 교체하지 않는 물건인데다, 원하는 색상을 사려는 것도 알아. 게다가 노란색이나 오렌지라면 몰라도 회색이라니…… 하지만 뭐 기능면에서는 똑같을 테니까.'

또 어느 날.

나는 이마바리 브랜드의 보송보송한 목욕수건을 사려고

외출했다. 여기서부터는 비슷한 전개이니 생략.

하지만 이런 식으로 자신의 의지가 약한 탓에 원하는 것을 가질 수 없다면, 인생이 어떻게 될까. '집념대로 생활하는 사람'은 영원히 못 되겠지.

학창 시절의 단체사진

중고교 시절의 반 단체사진. 모두가 긴장한 모습을 다시 보노라면 기분이 좋아진다. 예쁘고 잘생긴 모습으로 찍혔으면 하는 마음이 넘쳐흐르면서도 조금은 무뚝뚝한 표정에 어른들 세계를 향해 뭔가 말하고 싶은 모습이다.

인터뷰 등으로 사진을 찍기도 한다.

사진작가의 지시에 따라, 여기에 서주세요, 하는 장소에 서서 렌즈를 본다.

이가 더 보이도록 웃어주세요,라고 하기도 한다. 하지만 이를 보이며 웃지 않아도 좋으리라 생각해서 입을 다물고

웃는다. 뭐 이 정도도 괜찮겠지, 하며 눈감아주는 사진작가
도 있지만, 무조건 찍으려는 사람도 있다. 일부러 말을 걸어
내가 웃으며 대답하는 순간에 찰칵.

"벽에 기대어 팔짱을 끼고 봐주세요."

이렇게 말하는 경우도 있다.

나는 포즈를 취하는 것이 쑥스럽다.

"쑥스러운데, 이대로도 괜찮을까요?"

솔직히, 부탁하는 대로 명랑하게 따라하고는 있지만, 이
런 순간에도 포기하는 사진작가가 있는가 하면 포기하지
않는 사람도 있다. 제각기 나름의 방법이 있는 것이다.

"멀리 있는 풍경을 봐주세요."

이런 지시로 멀리 바라보는 표정을 촬영하는 경우도 있
는데, 멀리 바라보는 포즈를 취할 때면 '이봐 이봐 이봐 이
봐, 무슨 생각인 거야'라며 나 자신을 질책하곤 한다. 가능
하면 멀리는 보고 싶지 않다. 하지만 일의 분위기라는 것도
있다. 어른의 세계다.

"더 편안하게, 어깨에 힘을 빼주세요."

조언을 받으면 어깨를 돌려보기도 하지만, 솔직히 나는,
긴장한 얼굴로 우두커니 서 있는 정도가 좋다고 생각한다.
잡지에서 그렇게 찍힌 작가의 사진을 보면, 왠지 맘에 들어,

이 딱딱한 느낌! 하면서 넋을 잃고 보게 된다. 어딘가 학창 시절의 단체사진 같은 그 느낌.

한여름의 오후 5시, 어딘가 가자

이케부쿠로에서 연극을 보고 밖으로 나섰다. 오후 5시. 해는 아직 중천이다. 어딘가 가자고 하면서 그이와 마주서서 협의를 시작한다. 어른이니 일단 카페라도 들어가면 좋겠지만, '어딘가 가자'고 할 때 나는 대부분 멀리 가고 싶다. 멀리 가서 쉬고 싶은 것이다.

이케부쿠로에는 지하철 유라쿠초센이 다닌다. 그것을 이용해서 디즈니 시Disney Sea로 갈 수도 있다. 갈 수 있다는 것일 뿐 이케부쿠로에서 디즈니 시가 있는 마이하마까지가 가깝단 얘기는 아니다. 확실히 40분 이상은 걸린다. 하지만 뭐 어떤가?

오사카 본가에서 살던 시절이었다면 디즈니 시는 1박 2일의 장소다.

솔직히 말하면 나는 우쓰노미야° 정도까지 가고 싶었다. 서둘러 가면 저녁밥으로 우쓰노미야 만두를 먹을 수 있겠지. 하지만 두 시간짜리 연극을 본 후에 또 장시간 열차를 탄다는 건 일반적으로 꺼려지는 일이란 생각이 든다. 개인적으로는 전혀 아무렇지도 않지만……

문득 '에도도쿄 다테모노엔'에서 시원한 저녁을 위한 야간 이벤트가 있다는 게 생각났다. 그 날짜가 이 밤이었는지는 확실치 않았지만 일단 제안해보았다.

"에도도쿄 다테모노엔 가요, 이케부쿠로 부근(← 적당하지 않냐는 뜻)인데."

'에도도쿄 다테모노엔'는 야외박물관이다. 에도 시대부터 쇼와 초기까지°°의 민가나 상점 등이 복원되어 있는 곳으로 애니메이션 〈센과 치히로의 행방불명〉의 모델이 된 오래된 목욕탕도 있다. 하나의 시가지처럼 만들어져서 시원한 저녁 바람을 쐬며 무심히 걷기에 안성맞춤이다.

° 이케부쿠로에서 우쓰노미야까지는 열차로 두 시간 정도 걸린다.
°° 에도 시대는 1603~1867년, 쇼와는 1926~89년이다.

하지만 제안은 받아들여지지 않는다. 이케부쿠로 부근이 전혀! 아니라는 게 이유다. 이케부쿠로 부근이 아니어도 도쿄도 안이니 갈 수 있지 않나 생각하면서도 야간 이벤트는 다음 주였던 것 같기도 해서,

"그런가~"

일단 물러선다. 이케부쿠로 부근이 아니라는 점에서는 디즈니 시도 마찬가지므로 다시 말 꺼내기가 어렵다.

한여름의 오후 5시는 여전히 덥다. 빨리 행선지를 정하지 않으면 '일단 도큐한즈°에 갈까?' 이런 식의 흐름으로 가버릴 것 같다. 어쩔 수 없다. 집을 나설 때부터 마지막 수단으로 남겨둔 그곳으로 할까……

"그럼, 선샤인 수족관(이케부쿠로에 있다)에 가요."

멀리 가려던 희망은 이루지 못했지만, 여름의 선샤인 수족관은 꽤 즐거운 곳임을 다녀온 뒤에 알았다.

○ 취미, 문구, 식품, DIY용품, 잡화 등이 망라된 종합 쇼핑 매장.

미래도시에서는 자동차가 하늘을 날아다닌다. 초등학생 시절에 상상했던 미래에서도 어른이 되어 관람한 SF영화에서도, 가까운 미래에선 대부분 자동차가 하늘을 오간다.

하지만 2015년 현재. 자동차가 하늘을 나는 도시는 없다. 적어도 내 생애에는 해당하지 않을 것 같다.

하지만 이에 해당하는 다른 미래가 이케부쿠로에 있었다.

리뉴얼한 이케부쿠로의 선샤인 수족관. 뒤늦게나마 가보니 조금은 옛날에 꿈꿨던 미래도시 같았다.

빌딩 옥상에 위치한 수족관이라는 것만으로 이미 제법 미래도시인 셈이지만, 새로 도입한 도넛 모양의 공중 수조는 꽤 미래 느낌이 난다.

도넛 수조 안에서 바다사자가 헤엄치고 있었다. 빙빙 돌면서 헤엄치는 모습을 바로 밑에서 올려다볼 수 있다. 옛날에 이런 그림을 그렸던 생각이 난다.

수족관에서는 마침 맥주 광장이 열리고 있어서 도넛 수조 바로 밑에서 생맥주를 약간. 저물어 가는 하늘을 올려다보며 바다사자를 바라본다.

"옛날 세계에서 시간이동해온 것 같아~"

바다사자가 집으로 돌아가네, 하는 순간 펭귄이 등장한

다. 도넛 수조를 헤엄치는 펭귄에 모두가 매우 즐거워한다.

저녁놀이 끝나고 별이 반짝이기 시작한 무렵,

"자, 슬슬 수족관도 보러 가야지."

야외 맥주 광장을 뒤로하고 수족관에 들어가니, 거나하게 취한 탓일까, 수족관의 물고기들까지 왁자지껄하며 즐거워 보였다.

아픈 구두를 신는 법

구두를 찾아 헤매고 있다. 맞는 구두를 찾지 못하고 있기 때문이다.

원하는 것은 외출용. 잠깐 식사하러 갈 때 멋져 보일 만한 구두를 항상 찾지만 좀처럼 만날 수가 없다.

올여름에도 "와, 멋지다"라고 생각하며 매장에서 꼼꼼히 신어보고 샀지만, 집에서 역까지 걷는 동안 벌써 구두에 쓸려 까지고……. 반창고로 응급처치를 했지만 결국 아팠다.

거리에는 앞이 뾰족한 구두라든가 9센티미터 굽의 하이힐을 신는 사람도 많다. 그들은 전혀 아프지 않은 것일까?

옷을 쇼핑하면서 매장 여성에게 물어보았다. 그녀는 걱정스럽게도 끝이 뾰족한 구두를 신고 있었다.

"그런 구두 신으면 아프지 않나요?"

그녀는 말했다.

"네, 보통은 아프죠."

그녀가 말하기를, 아픈 구두는 처음에는 하루 두 시간이나 세 시간으로 정해놓고 잠깐씩 신다가, 익숙해지면 반일에서 하루로 조금씩 늘려간다고 한다. 그렇더라도 전혀 아프지 않은 건 아니지만 그래도 예쁘니까 참는다고 했다.

물론 그 기분도 안다. 나 역시 그런 경험 투성이다. 하지만 예쁘더라도 아픈 구두를 신는 건 이상하다고 생각한다.

그 때문인지 형사 역할의 여배우가 굽 있는 구두를 신고 범인을 뒤쫓는 장면을 보면,

"발 아플 텐데……."

배역보다도 실제 배우가 걱정되곤 했다. 가능하다면 스니커즈나 착 붙는 건강 신발을 신고 달리게 해주고 싶다.

건강 신발로는 독일제 건강 신발인 '버켄스탁'을 자주 신는데, 예전에 독일 여행을 하다가 깜짝 놀랐던 적이 있다. 시골 마을의 작은 약국 한쪽 구석에 버켄스탁 신발이 대충 쌓여 있었다. 마침 한 노인이 신어보던 참이었다.

일본에서는 백화점에서 고급스럽게 판매되는 버켄스탁 신발. 그것을 약국에서 하얀 가운을 걸친 할머니가 지역주민 할아버지에게 팔고 있었다. 내가 봤던 장면이 우연이었을 가능성도 있지만, 그것은 소박하면서 좋은 광경이었달까. 기분 좋은 신발을 신고 숲으로 산책하러 나가는 모습을 상상해본다.

구두를 찾는 여행은 계속

구두를 찾는 여행은 계속되고 있다. 신발에 쓸려 까지지 않는 외출용 구두를 찾는 중이다.

내 경우 신발에 쓸려 까지는 부분은 항상 복사뼈 아래. 깔창을 넣어 조정해보기도 하지만 별로 효과가 없다. 처음에 아픈 구두는 결국 자신의 발에는 안 맞는다는 것이 나의 지론이다.

얼마 전 시내에서 작은 구둣가게를 발견했다. 멋졌다. 그리고 비싸 보였다. 약간 기가 죽었지만 에잇 하고 들어가보았다.

"여러 가지 좀 신어봤으면 하는데요."

홀로 있던 젊은 여성 점원에게 말했더니,

"여러 가지라면……. 그래도 어떤 스타일의 옷에 맞추고 싶은지는 정하셔야……."

발에 잘 맞으면 사겠다는 기세로 들어갔지만, 비전이 없으면 신어보기도 어려울 듯하다. 음음음, 만만치 않다.

"심플한 바지에 맞추고 싶은데요, 이런 건 어떨지."

검은색 쇼트 부츠를 가리켰더니,

"그건 보이시한 느낌이라서 손님 이미지와는 좀 안 맞을 것 같습니다."

아무래도 보이시한 구두는 어울리지 않는다고 판단한 듯하다.

"음, 그렇다면 이것은……."

다른 디자인의 쇼트 부츠를 가리켰더니, 그제야 발 사이즈를 물어본다.

부츠를 가져왔다. 이탈리아 제품이라고 한다. 공들여 만든 듯했다.

의자에 앉아 신어보았다.

감싸는 듯한 안정감이 느껴진다. 발목이 놀라울 정도로 가늘어 보인다. 발뒤꿈치도 딱 맞고, 발가락 끝도 쪼이지 않는다. 좋잖아, 좋잖아! 일어서서 거울을 보려는데 일어서지지 않았다. 아니, 어떻게든 일어설 수는 있었지만, 부츠 가죽이 딱딱하게 정강이에 끼인다.

"정강이가 아파서 걸을 수가 없어요~"

이러는 나.

"처음에는 아프지만 세 번 정도 신으면 익숙해집니다. 모두 그렇게 해요. 길들여가는 신발이거든요."

라는 대답. 어울리네요,라고도 말한다.

하지만 세 번도 애써볼 용기가 나지 않아서 "좀 생각해볼게요" 하고 가게를 나오려다가, 쭈뼛쭈뼛 보이시한 부츠도 신어보고 싶다고 요청했다.

부츠를 신고 거울 앞에 서보니 전혀 어울리지 않았다.

바움할 시간

"뭐 먹지?"

이런 생각을 하는 순간부터 이미 영화 모드였던 것 같다.

회사원 시절, 퇴근길에 가끔 동료들과 영화를 보러 가곤 했다. 그런 날에는 점심시간이 영화관 안에서 뭘 먹을까로 달아올랐다.

갓 구운 빵, 샌드위치, 햄버거.

아, 주먹밥도 좋겠네. 아냐, 구매한 빵에 갓 튀긴 고로케를 끼우는 방법도 있어.

디저트는 어떻게 하지. 새로 출시된 초콜릿, 쿠키에 바움

쿠헨. 뭐가 좋을까~

정하지를 못하겠네.

전문대 시절 오후 3시면 언제나 간식으로 편의점 바움쿠헨을 먹었다. 친구들은,

"미리야, 이제 슬슬 바움할 시간이야!"

하며 이런 나를 재미있어했다.

어린 시절부터 바움쿠헨을 좋아해서 지금도 이따금 먹고 싶어진다(지난주에도 먹었다).

바움쿠헨은 맛은 물론 식감도 좋다. 약간 바스락거리는 느낌. 벨벳풍의 옷감을 보면 나도 모르게 바움쿠헨을 떠올리고 만다. 안쪽 원의 표면은 반들반들해서 손가락으로 원을 따라 만져보고 싶어진다.

바움쿠헨을 반으로 나눌 때 "어떤 비율로 나눠질까" 하는 두근거림도 좋다. 나눠진 순간부터 좌우 각각에 '인격' 같은 것이 생겨나고, 나는 항상 긴 쪽부터 먹는다. 그러고는 "아직은 아냐, 안심해!" 하며 짧은 쪽을 응원한다.

다시 영화관 이야기로.

최근 영화관에서는 음식물 반입이 엄격해졌다. 관내에서 구매한 음식만 먹을 수 있는 시스템이 되었다.

며칠 전에도 외부 가게에서 구매한 주스를 들고 있다가

입장할 때 주의를 받았다.

"다른 매장 제품의 반입은 삼가주시길 바랍니다."

내 앞뒤의 사람도 음료수를 들고 있었지만 아무런 주의도 듣지 않았다. 직원이 관내 제품인지 여부를 재빠르게 파악하는 듯하다. 힘들어……

어쩔 수 없다. 앞으로는 영화관 매점이 풍성해지기를 바라는 수밖에. 신선한 주스 판매대라든가 갓 구운 바움쿠헨 공방, 이런 것들이 생겨준다면 매우 기쁘겠다.

나만의 밤

아직 회사원이던 이십 대 시절, 혼자 살고 싶어서 본가 바로 옆에 원룸 맨션을 빌려 생활한 적이 있었다.

저녁밥은 본가에서, 세탁은 맨션 1층에 있는 동전 빨래방에서. 가사에 대한 부담이 없어 동경하던 나홀로 생활은 믿을 수 없을 정도로 쾌적했다.

그리고 밤, 여자 친구들의 전화가 늘었다.

거리낌 없이 전화 걸기 좋은 녀석이 생겼다!

이런 식이어서, 이쪽저쪽에서 시도 때도 없이 전화가 줄줄 걸려왔다.

두 시간, 세 시간 통화에 열중한 적도 있었다. 아무래도 상관없는 이야기가 대부분이었지만 진지할 때도 있었다. 걸려오는 전화를 받는 것이니 전화 요금도 들지 않았다.

친구와의 전화는 즐거웠다. 느긋하게 쉬고 싶은 밤이어도 친구에게서 오는 전화를 받지 않는다는 건 생각할 수 없었다. 나는 수화기를 계속해서 들고 있었다.

그리고 점차 지쳐갔다.

장래에 대해 친구와 말하면 말할수록

'정말로? 지금 말한 게 내 진심이야?'

미묘한 간극이 생겨났다.

친구가 장래의 불안을 얘기하면, 나는 "흠, 흠" 하며 들으면서도 더는 나 자신의 장래에 대한 불안은 말하지 않게 되었다. 그리고 홀로 뼈저리게 고민하여, 도쿄에 가기로 결심했었다.

상경과 동시에 "최선을 다하고 싶어. 전화도 별로 못 할지도"라고 넌지시 선언한 뒤 나의 밤은 길고 크고 풍부해졌다.

나들이 갈까

〜〜〜〜

　문화의 날°이니 문화적인 하루를 보내자.

　이런 이유로 11월 3일에 영화를 세 편 보기로 했다. 세심하게 시간표를 짜고 점심때를 지나 집을 나섰다.

　가을이다. 좋은 날씨다. 자전거를 타고 역으로 가다가 왠지 여행이 떠나고 싶어진다.

　"영화 말고, 나들이 갈까."

　뛰어올라 탄 지하철 안에서 동행한 그이와 회의를 한다.

○ 11월 3일인 문화의 날은 일본 공휴일로 박물관, 미술관 입장료가 무료이거나 할인이 된다. 다양한 문화 행사도 열린다.

요코하마도 좋고, 도치기도 맘에 든다며 망설이는데, 누마즈가 떠오른다. 심해어만을 모아놓은 색다른 수족관이 있다고 뉴스에서 봤었다. 그래서 이름도 '누마즈항 심해수족관'.

"그래, 누마즈에 가자."

스마트폰으로 검색해보니 의외로 가깝다. 신칸센 '고다마'로 도쿄역부터 미시마까지는 한 시간. 거기서 일반 열차로 갈아타서는 누마즈까지 10분도 채 걸리지 않는다.

그러기로 하고 도쿄역에서 간단한 안주와 간식을 샀고, 이를 다 먹을 즈음이 되자 벌써 미시마였다.

모처럼이니 미시마도 관광하기로 했다.

강변길을 한가로이 산책하면서 미시마 신사로 향한다.

강인한 분위기의 신사다. 차분하면서 깔끔하다. 사슴도 있다. 경내에 있는 찻집에서 쑥떡을 먹고 참배 길에 나서자 '미시마 고로케' 깃발이 펄럭이고 있었다.

미시마산 감자를 사용한 고로케를 '미시마 고로케'라 부르며, 지역경제 활성화를 도모하는 듯하다.

미시마 고로케. 막 튀겨낸 것을 파는 가게에서 하나 사서 먹어본다. 겉은 바삭바삭, 안은 으깬 감자인 듯 사르르~ 마침 축제 포장마차도 나와 있어 그곳에서도 사서 먹어 보니, 역시 바삭바삭하면서 사르르~ 굉장히 맛있었다.

미시마 시가지를 흐르는 강은 맑고 투명하여, 녹색 수초가 한들한들 일렁이는 모습이 아름다웠다.

강가의 집들은 저마다 작은 다리를 건너 현관에 도착하게 되어 있다.

"좋구나~ 우리집 다리."

내가 저 집에 산다면 이렇게 말했겠지. 그리고 어린시절에 여름이면 다리 위에서 불꽃놀이를 하고, 눈이 내리면 눈사람을 늘어놓았을 테지. 나뭇잎 배를 띄워 친구와 시합도 했을 거야.

다른 도시의 거리에 '살고 있는 기분'이 아니라 '살았었던 기분'으로 걸으니 즐겁다. 존재하지 않는 추억이 아주 조금 나의 추억이 된다.

미시마 관광을 마치고 목적지인 누마즈로.

누마즈역 관광안내소에서 '누마즈항 심해수족관'까지 가는 버스 승차장을 알려주었지만 딱 맞는 시간대의 버스가 없어 결국 택시를 탔다.

운전사에게 물었다.

"후지 산이 시내에서 보이나요?"

보인다는 대답. "뒤를 보세요."

유감스럽게도 흐린 하늘이었다.

큰길에 긴 상점가가 있어,

"번화하네요."

운전사에게 말했더니,

"하지만 거리에 사람이 별로 없지요? 옛날에 비하면 한적해졌어요. 백화점도 철수해버리고."

라는 대답. 뭐라 맞장구를 쳐야 좋을지 몰라서, 그렇군요, 그런가요, 그렇구나~ 하면서 우물거리고 말았다.

누마즈항에는 손님이 많아 활기가 돌았다. 생선가게, 건어물 판매점, 기념품점뿐 아니라 초밥집까지 있다.

수족관을 보고 나서는 생선 먹기가 어려울지도 모르니 식당에서 먼저 가볍게 배를 채 우기로 한다.

꽁치구이 초밥, 생선회 모둠. 그리고 병맥주. 기분이 좋아졌다. 그리고 마침내 메인이벤트인 '누마즈항 심해수족관'이다.

음식점이 늘어선 어항의 한 구획에 떡하니 세워져 있었다.

입장료 1,600엔을 지불하고 그럼 이제, 심해의 세계로.

심해의 기묘한 생물이 하나하나 작은 수조 안에서 살고 있다.

뒤집어진 거미같이 생긴 '심해 바다거미'에는 오싹했다. 약해 보이는 가늘고 긴 다리가 몸통 이상한 곳에서 자라나 있다. 다른 생물의 체액을 흡입하며 살아간다고 하는데……

'대왕구족충'은 이 수족관의 왕 같은 존재다. 고양이만한 크기의 쥐며느리 같은 것이랄까. 수조 안에서 꾸물꾸물 수영하는 모습을 겁에 질려 보면서도 왠지 빠져들고 만다.

이 별에는 다양한 생물이 사는구나.

상대편도 우리를 보며 이렇게 생각할지 모른다.

찬찬히 보며 한 시간 반 정도 있었을까. 작지만 꽤 볼만한 가치가 있는 수족관이다.

밖으로 나오니 해는 완전히 지고 밤이 되어 있었다.

택시로 누마즈역까지 돌아오는데 왠지 모르게 좀더 돌아다니고 싶은 기분. 그대로 전철을 타고 아타미까지 가봤지만 역 앞의 기념품점은 모두 문을 닫았다. 그 상점가 앞에 있던 선술집에서 저녁밥을 먹고 신칸센으로 도쿄에 돌아왔다.

노을 진 하늘,

당장이라도
여행을
떠날 수 있어.

이렇게 생각하며
바라보는 걸
좋아한다.

침대 특급 '카시오페아' 여행

침대 열차를 타고 홋카이도에 가고 싶어.

홋카이도까지 운행되는 침대 열차인 '카시오페아'. 예전부터 마음에 두고 있었기 때문에 여행대리점에 신청해보니 다행히 예약이 되었다. 그리고 그로부터 3일 후 '카시오페아' 운행이 2016년 봄에 종료된다는 기사가 신문에 실렸다.

가을의 끝자락에 신청해서 출발은 12월 초순.

기다리고 기다리던 여행 당일.

일기예보에 삿포로는 벌써 눈. 방한용품으로 배낭은 빵빵! 등산이라도 가는 듯한 복장으로 우에노역으로 향한다.

'카시오페아'는 도쿄역이 아니라 우에노역에서 출발한다.

플랫폼에는 '카시오페아'가 느긋하게 대기 중이었다. 체력비축 중인 듯한 느낌. 지금부터 삿포로까지 거의 열아홉 시간 동안 쉬지 않고 달려야 할 열차다.

열차를 타는 사람들도, 타지 않는 사람들도 모두 찰칵찰칵 사진을 찍고 있다.

2층에 있는 방을 희망했지만, 예약 잡힌 방은 1층 개인실. 창가에 소파가 마주 놓여 있는데 펼치면 침대가 된다. 좁지만 화장실도 딸려 있다.

오후 4시 20분.

저녁놀을 받으며 '카시오페아'는 움직이기 시작했다.

아무래도 처음이기 때문에 우선은 방에 놓인 팸플릿을 들춰본다.

차량은 모두 열두 량. 3호차에 식당이 있고 맨 앞의 12호차가 전망차다. 예약하면 샤워도 할 수 있는 듯하다.

팸플릿 도면으로 개인실의 넓이도 알 수 있다. 1~2호차는 꽤 넓은 방이다. 특히 맨 끝의 스위트룸은 여간해서는 예약을 잡을 수 없다고 들은 적이 있다.

각 차량에는 널찍한 방이 한두 개 있는데, 열려 있는 문으로 들여다보니 세 명이라도 묵을 수 있어 보인다. 하지만 대부분은 이번에 내가 이용하는 조그마한 2인실이다. 일어서서 팔을 돌리는 등의 체조는 좀 어려울 정도로 좁지만, 둥지 안에 웅크리는 듯한 묘한 안정감이 있다.

동행한 그이와 우선 차를 마시고 있으려니 차내 방송이 나온다.

첫번째 저녁식사 안내다.

식당차는 사전 예약제로 식사 시작은 세 차례로 나누어져 있다. 가장 이른 시간 외에는 예약이 이미 끝나 우리는 오후 5시 15분부터 저녁식사다.

방송 후 느긋하게 식당차로 갔더니 창가 쪽 자리는 이미 만석. 모두 일찌감치 와서 줄이라도 섰던 걸까? 완전히 늦었다.

저녁식사는 일식과 프랑스식 두 종류. 예약해둔 것은 일식. 정식 명칭은 '가이세키 고젠 코스'다. 오세치 요리°처럼 2단 찬합으로 되어 있어, 자잘하면서 손이 많이 가는 요리로 가득했다. 예를 들면 된장을 바른 호두 두부 산적, 조개 관자와 야채의 버터 간장 구이. 오렌지를 곁들인 오리훈제 등. 색의 조합도 예쁘다. 생선회도 있다. 튀김은 갓 튀겨져

○ 설날 명절 음식. 다양한 음식을 3단 또는 5단 찬합에 화려하게 담는다.

서 따로 나왔다. 장국도 뜨끈하다. 장국에는 성게 완자 같은 것이 들어 있었다. 이렇게 해서 1인당 6,000엔. 프랑스 요리가 좀더 비싸다. 예약 식사 일정이 끝난 늦은 시간이 되면 카레나 비프스튜 등 가벼운 메뉴를 먹을 수 있다. 주먹밥 등도 판매하는 듯했다.

해는 지고 식당차의 창밖은 완전히 밤. 그래도 출발한 지 얼마 안 되었기 때문에 아직 사이타마현 아니면 도치기현 부근. 여행의 정취를 맛보기에는 좀 이르다. 옆자리에 앉은 할아버지들과 여행 이야기를 나누며 디저트까지 꾸역꾸역 모조리 먹어치웠다.

초등학생 시절 전 세계를 여행하고 싶었다.

여행은 여행인데 조그만 집집마다 이동하는 여행. 얼마나 재미있을까?

침대 특급 '카시오페아'를 타고 홋카이도로 가는 여행은 그래서 조금은 그 시절의 꿈을 이룬 셈이다.

조그만 개인실. 열쇠를 잠그면 마치 집 안에 있는 것 같다. 창에는 커튼도 걸려 있고 텔레비전까지 비치되어 있다.

텔레비전은 위성방송 채널 두 개뿐. 터널로 들어가면 화면이 정지하고, 터널이 아닌 곳에서도 때때로 정지한다. 그래도 그럴 때 말고는 꽤 선명했다.

식당차에서 저녁식사를 마친 후 그길로 맨 앞의 전망차로. 복도가 좁아 다른 사람과 엇갈릴 때는 서로 몸을 옆으로 돌려야만 했다. 모두 열차 안을 신기해했기 때문에, 제법 많은 승객이 복도를 배회하고 있었다. 몇 번이나 몸을 옆으로 돌려가며 전망차에 도착했다.

입구 오른쪽에는 1인용 의자가 나란히 있고, 왼쪽에는 긴 소파가 있다. 우선은 비어 있는 소파 자리에 앉아본다. 창밖은 완전히 캄캄하여 오래 머무는 사람은 별로 없다. 다시 개인실로 돌아와 한가로이 쉰다. 사 온 간식과 맥주를 늘어놓으니 잔치가 따로 없다.

즐겁다.

밤 9시. 아직 시간은 넉넉하다.

"성대모사해볼게. 신청해."

억지로 그에게 신청을 받아 전부 과감히 도전해보았다. 가장 비슷했던 것은 구로야나기 테츠코°씨. 다음번 친구들과의 술자리에서 선보일 작정이다.

○ 일본 방송역사를 대표하는 개성 넘치는 유명 예능인으로 『창가의 토토』 작가이기도 하다.

'카시오페아' 오리지널 상품의 판매 시간이 되어 또다시 전망차까지 구경하러 갔다. 머그잔, 볼펜, 카시오페아 버터 쿠키 등 여러 가지.

식당차에 장식으로 놓였던 작은 꽃병도 있었다.

살까?

잠깐 마음이 흔들렸지만 내게는 애용하는 주스 빈 병이 있다. 결국 아무것도 사지 않고 좁은 복도를 타박타박 걸어서 돌아왔다.

졸리다. 술을 마신 탓에 11시 무렵 누웠다. 그리고 눈을 뜨니 아침이 되어 있었다. 잠자리가 편안하기도 했지만 원래 잠을 잘 자는 탓도 있었으리라.

언제 홋카이도에 들어온 거지?

좀더 여러 가지를 진지하게 생각하는 여행이 될 줄 알았는데, 저녁식사 → 전망차 탐색 → 성대모사로 날이 밝아버렸다……

아침식사는 예약제가 아니어서 식당차가 붐비는 듯했다. 그래서 갓 끓인 커피만 받아(맨 처음 탈 때 커피 티켓을 준다), 승차 전에 사두었던 빵과 함께 방에서 해결하기로.

창밖은 설경. 하코다테 등에는 눈이 꽤 쌓였다.

오사카에서 자란 내게 눈은 항상 신비롭다. 수업 중에 눈이 훌훌 날리기만 해도 학생들은 꼼짝 않고 창밖을 바라보곤 했다.

수업할 분위기가 안 되니,

"밖에서 눈싸움할까."

선생님이 눈치 빠르게 말해준 적도 있었다. 차위에 살짝 쌓인 눈을 긁어모아 방울토마토만한 눈덩이를 만들어 서로에게 던지곤 했다.

그 시절 일을 그리워하며 떠올리고 있자니 '카시오페아'가 천천히 속도를 늦추기 시작했다. 텔레비전 화면에는 "곧 종점, 삿포로입니다"라는 자막이 흐른다. 예정보다 15분 정도 늦은 11시 30분에 삿포로역 도착. 모두 여행으로 왔기 때문인지 피곤한 기색은 조금도 느껴지지 않았다.

끝내주는 인내력
〜〜〜

이틀 동안 인터넷 사업자 변경. 간신히 환경이 갖추어져 이렇게 컴퓨터 앞에 앉았다. 고객센터 사람들은 대단하다. 지식도 대단하지만 인내력이 끝내준다.

전화 거는 나 자신도 어느 순간 무슨 말을 하고 있는지를 모르겠는데, 참을성 있게 귀 기울여 정답으로 이끌어준다.

"그래서 말인데요, 내 컴퓨터에서가 아니라 좀더 다른 곳이랄까, 깊은 곳이라 해야 할까요, 그쪽으로도 도착하는 메일 같은 거 있지 않나요? 그거 자동으로 지울 수 있나요?"

나중에 내가 한 말을 글로 써보니 한심하다. 전문용어를

몰라 아는 단어를 총동원하며 최선을 다했지만, 깊은 곳이
란 게 대체 뭐야!?

하지만 고객센터 사람들은,

"네에? 말씀하신 의미를 모르겠습니다."

라고는 절대 말하지 않는다.

"그렇군요"라고 받아들이며, "혹시 이런 의미입니까?" 하
는 식으로 척척 해결해간다.

모르는 것이 잔뜩 생겨 몇 번이나 문의하면서,

"마스다라고 합니다. 잘 부탁드립니다."

우선은 처음에 제대로 인사하는 것에 신경 썼다.

아니야, 그게 아니지. 그게 아니라고.

'신경 썼다'는 생각이 또 틀렸다는 것을 이제야 깨닫는다.
인사하는 일은 당연하지 않은가.

자유 시간 동안의 외출

주말 오후 3시, 집.

여러 용무를 끝내고 이제부터는 자유 시간을 갖기로 정한다. 이런 결정의 순간엔 기분이 굉장히 좋다.

"좋았어, 쉬어야지."

한번에 혈액순환이 좋아지는 느낌.

영화라도 볼까, 아니면 훌쩍 차 마시러 갈까.

일단 옷을 갈아입고, 화장을 하고, 뻗친 머리에 드라이어를 댄다.

머리는 항상 왼쪽 부분만 뻗친다. 그래서 얼마 전 미용사에게 상담한 결과, 가마의 소용돌이 방향으로 인해 아무래도 한쪽으로 쉽게 뻗친다는 정보를 얻었다. 나는 오른쪽 소용돌이여서, 빙그르르 돌아 마지막에는 왼쪽에서 끝난다. 그래서 왼쪽이 뻗치는 것 같다. 이유를 알게 된 다음부터는 왠지 '뻗침'에도 마음이 관대해진다.

외출 준비 완료. 생각이 나서 근처 친구에게 문자를 보내 본다.

"지금 어디야? 차 마시지 않을래?"

지금은 가까이에 없으니 이따가 근처에 오면 연락하겠다는 답장이다. 그렇다면 뭐, 그때 가서 만나기로 하고,

외출.

쇼핑몰을 혼자서 어슬렁어슬렁. 양털 담요가 할인판매 중이었다. 소파에 걸쳐놓으면 낮잠 잘 때 좋을지도, 이렇게 생각하며 보고 있는데 점원이 말을 건다.

"한 장 있으면 편리해요. 추울 때는 어깨나 무릎에 걸칠 수도 있고요."

알아요. 그야 그렇겠지요, 담요니까요.

하지만 애써 권유했으니, "정말 그렇겠네요" 고개를 끄덕이고는 구매한다.

해질 무렵, 근처에 있다며 친구에게서 연락이 왔다. 합류

해서 함께 카페로. 친구는 케이크, 나는 배가 고파 키슈와 야채 샐러드와 델리 세트. 마실까, 하면서 가벼운 술도 시켰다. 그렇다, 휴일이니까!

설날에 불은 몸무게가 빠지질 않아…… 이런 이야기하면서 디저트로는 초코아이스크림. 식사 후 커피를 마시며 선언한다.

"오늘 저녁은 굶겠어!"

친구가 놀란다.

"어머, 또 먹을 생각이었어?"

하하하, 그럴 작정이었는데…….

결국 집에 가서 주먹밥을 먹었지만 친구에게는 알리지 않았다.

귀갓길 산책

오후, 협의 미팅을 마치고 귀갓길, 지하철 네즈역에서 하차. 맛있는 달걀 샌드위치가 있는 찻집이 있어, 먹고 돌아가기로.

역에서 도보로 10분. 슬슬 도착할 때가 되었는데 왠지 본 적이 없는 풍경이다. 이런~ 반대 방향으로 걸어왔구나.

시간 여유가 있어 느긋하게 되돌아간다. 가는 도중에 혹시나 해서 파출소에 확인하려고 들어갔더니,

"어서 오세요."

인사하며 생글생글 미소 짓는 순경 아저씨. 파출소에서

"어서 오세요"라는 말을 듣는 건 처음이어서 살짝 즐거워진다. 너무 정중하다 싶을 정도로 정중하게 길을 가르쳐주어 훈훈한 마음으로 걷기 시작했다.

목적지인 찻집에 도착. 열 명 정도 줄을 서 있었다. 잡지에도 자주 실리는 유명한 찻집. 더구나 마침 오후 3시. 모두가 배고플 시간이다.

바람이 차다. 조금 산책하다가 다시 돌아와야지. 먹을 생각으로 가득하기 때문에 포기는 없다.

이 근처는 오래된 사찰이 많아 산책도 즐겁다. 정처 없이 걷다 보니 재단장을 마친 '아사쿠라 조소관' 거리로 나왔다.

아사쿠라 조소관은 조각가인 아사쿠라 후미오의 작업실이자 거주 공간이었다. 몇 년 전엔가 갔을 때, 조각도 건물도 아주 멋져서 또 오고 싶다고 생각했었다. 몸도 춥고 해서 입장료 500엔을 내고 들어갔다.

조각으로 장식된 작업실은 서양식, 거주했던 공간은 일본식이다. 커다란 연못이 있는 정원을 빙 둘러 에워싼 구조다.

문득 나가사키의 시마바라를 여행할 때 들렀던 찻집이 떠오른다. 정원에 맑은 연못이 있었는데, 여름이었기 때문에 툇마루에서 더위를 식히며 쉬었었다. 헤엄치는 잉어의 그림자가 연못 바닥에 드리워져 아름다웠다. 너무나 아름다워서 눈을 뗄 수가 없었다. 또 시마바라에 가고 싶은걸. '간자라시'도 먹고 싶고. 간자라시란 차갑게 식힌 꿀 안에 작은 흰색 경단이 잔뜩 든 신기한 간식이다. 여행은 여행하고 있을 때뿐 아니라 한참 시간이 지난 후에도 계속 여행 중인 셈이다.

아사쿠라 조소관을 나와 북적이는 상점가에서 고로케를 네 개 샀다. 그리고 또 타박타박 걸어 처음의 찻집으로 돌아오니 이미 혼잡함은 사라지고 따뜻한 차와 달걀 샌드위치의 시간. 알알한 겨자 맛이 절묘하다.

순식간에 다 먹고는 밖으로 나왔다. 그리고 마음은 이미 저녁에 먹을 고로케로 곧장 이어졌다.

나홀로 오키나와 여행

2월. 나홀로 오키나와 여행을 저렴하게.

금요일 오후 출발하는 비행기였기 때문에 집을 나서는 것도 느긋하게. 하네다 공항에 도착하여 수속을 마친 뒤, 시간이 남아 소프트아이스크림 파는 곳을 찾았다. 괜히 먹고 싶어져 공항에 도착하면 먹어야지! 결심했었다.

소프트아이스크림.

바닐라, 초코, 바닐라초코 믹스.

어린 시절에는 믹스 맛을 선택하지 않는 사람들이 이상했다. 똑같은 값으로 두 가지 맛을 즐길 수 있는데 한 가지

맛으로 선택하다니…….

하지만 지금은 믹스 맛은 먹지 않는다. 과감히 한 가지 맛을 즐기고 싶다.

선택하지 않은 맛.

선택하지 않은 무언가.

선택하지 않은 것도 선택한 것이 되어 내 세계는 돌고 있다.

설날에 아빠, 엄마와 셋이서 본가 근처의 패밀리 레스토랑에서 저녁을 먹었다.

"어서 오세요. 편하신 자리에 앉으세요."

아직 이른 시간이라 식당 안은 텅텅 비어 있었다.

"저쪽이 좋지 않을까."

자리를 정한 것은 나. 4인 자리의 소파 쪽에는 아빠가 앉았다. 그 옆으로 살짝 엄마.

나는 맞은편 의자에 앉았다.

뭐라 할 것도 없는 장면이지만, 이 일련의 흐름이 마음에 사무친다.

몇 년 전이었다면

엄마는, 딸인 나와 나란히 의자에 앉곤 했다. 하지만 지금의 엄마는 편안한 소파 쪽에 앉는다.

내가 더 어렸을 때라면

부모님이 선택한 자리로 따라갈 뿐이었다. 하지만 그날 내가 "저쪽이 좋지 않을까"라며 결정한 곳은 음료바와도 화장실과도 적당히 가까운 자리. 나이 드신 부모를 위한 자리를 아마 식당에 들어가기 전부터 선택해야겠다고 생각했었을 것이다.

소프트아이스크림을 먹고 나서 탑승구로 향했다.

비행기의 창으로 구름 바라보는 것을 무척 좋아한다. "구름 위에서 놀면 재미있겠지." 수업 중 교실 창문으로 바라보던 커다란 구름. 어린 시절의 꿈은 이어지고 있다. 그렇지만 어른인 내가 선택한 것은 여러모로 편리한 통로 쪽 자리였다.

날도 저물 무렵, 나하 공항에 도착. 서두를 이유는 없으므로 공항의 기념품 가게를 불쑥 둘러본다. 수학여행 온 아이들이 즐거워하며 쇼핑을 하고 있었다.

내 초등학교 수학여행지는 히로시마였다. 용돈은 한 사람당 1,500엔°. 기념품을 사려고 이를 배분하던 기억이 난다.

아빠와 엄마에게는 단풍잎 모양의 만주세트, 500엔.

옆집 아줌마에게는 200엔짜리 주걱.

여동생에게는 350엔, 내게는 450엔으로, 미야지마 느낌의 사슴 장식품°°을 샀다.

친구들의 기념품 배분이 각각 달랐던 것이 신선했다. 1,500엔을 모두 쓰지 않는 아이도 있었고, 자신의 기념품으로 대부분을 사용한 아이도 있었다.

자유 시간에 같이 다녔던 친구는 명물인 단풍잎 모양의 만주세트는 사지 않고, 달콤한 전병모둠을 샀다. 우리 할머니는 이런 걸 더 좋아하시기 때문이라고 친구가 말해서, 문득 '할머니'가 계시는 그 친구의 집안 모습을 떠올리던 일이 기억난다. 만난 적도 없는 그 아이의 할머니는 자그마한 몸집이지만 조금 통통하신, 갈색 옷을 입은 사람이었다.

○   일본 학교에서는 소풍이나 수학여행 시, 지참 용돈에 상한을 두어 제한한다.
○○   히로시마 인근의 미야지마는 단풍, 복을 비는 주걱, 방목 사슴으로 유명하다.

수학여행 온 학생들로 북적이는 나하 공항의 기념품 매
장을 나와 모노레일 승강장으로 향한다. 도쿄는 화창했는
데 오키나와는 비가 후드득후드득.

모노레일은 도착을 알리는 멜로디가 역마다 다른데, 나
는 쓰보가와역의 멜로디가 맘에 든다. 그래서 쓰보가와역
이 가까워지면 신바람으로 마음이 들뜬다. 춤추고 싶어질
정도로 경쾌한 리듬이다.

쓰보가와역을 지나 숙박할 호텔 가까운 역에서 내린다.

비가 강해졌다. 택시를 타고 호텔로. 프런트에서 이름을
말하자, "어머나? 예약명단에 없는데요?"인 듯한 표정을 짓
는 담당 직원. 그를 보니 생각이 난다.

맞아. 이 호텔이 아니었어…….

여행대리점에서 예약을 잡지 못해 다른 호텔로 예약했던
일을 깜박했다. 왔다가 바로 돌아가는 나를 호텔 안내원이
친절하게 배웅해주었다.

나하 시내를 어슬렁거리기만 하다가 여행을 마치고 하네
다 공항으로 돌아왔다.

그러나 곧장 집으로는 돌아가지 않는다. 모처럼 탑승구
에 있으니 조금 더 여행 기분을 만끽하고 싶어졌다.

비행기를 이용할 때에는 가능한 한 JAL을 이용한다°. JAL 터미널에 맘에 드는 가게가 몇 군데 있어서인데, 반드시 들르는 곳은 국수가게이다. 계산대에서 주문하는 셀프식당이지만 그 집의 파를 얹은 따뜻한 국수가 맛있다. 파는 파란 부분을 얇게 어슷썰기하고, 유자 껍질은 국수 위에 살짝 얹는다. 양념가루를 잔뜩 뿌려 뜨거운 국수를 단숨에 먹는다.

JAL 터미널에는 조그마한 이세탄백화점도 입점해 있다. 신주쿠의 이세탄은 항상 혼잡하지만 이곳은 한산. 옷 종류는 적지만 그런 까닭에 고르기가 쉬워서 여름을 대비하여 캐주얼한 티셔츠 쇼핑.

그런 후 옆에 있는 카페로 가니, 스콘과 당근 케이크가 진열장에 나란히 놓여 있다. 커피와 함께 달콤한 디저트를 쟁반에 담아 비행기의 이착륙이 바라보이는 창가에 앉아서 잠시 휴식.

테이블에 들이비치는 오후의 태양.
커피와 간식.
이세탄 쇼핑백과 여행가방.

○ 하네다 공항에서 JAL은 1터미널, ANA는 2터미널로 서로 나뉘어 있다.

내 맘대로니까, 편안하다.

하지만 갑자기 밀려드는 미덥지 못한 감정.

나, 뭐 하고 있는 거지?

인생은 항상 '나'보다 앞에 서서, 내 허리에 묶인 밧줄을 끌어당기는 것 같다.

나는 따라잡을 수가 없다. 어떤 일이든 내 인생에서 나는 늦었을지도 모른다. 어떻게 하지…….

불안한 마음에 남의 시선에 아랑곳없이 테이블에 푹 엎드리고 싶었다. 하지만, 아아 그렇구나 하면서 허리를 쭉 폈다.

이럴 때는 역공이 최고다.

나하 공항 서점에서 산 소설을 한 시간 정도 읽다가 집으로 돌아왔다.

식물 키우기

파릇파릇한 고수 모종이 꽃집 앞에 나란히 놓여 있다. 한 포기 160엔. 두 포기 사서 집으로 돌아왔다. 물론 키워서 먹을 작정이다.

주방 창가에는 물재배 중인 파도 있다. 유리컵에 물을 담아 자른 파뿌리를 세워두면 점점 커다랗게 자란다.

그렇지. 세운다고 하니 아까 본 방송이 떠오른다. 텔레비전에서는 물을 채운 접시에 배추를 세워 재배하는 사람을 소개하고 있었다. 해보고 싶지만 공간을 꽤 차지할 것 같아 고민 중이다.

식물이 자라는 모습을 보는 일은 즐겁다.

이제 슬슬 방울토마토 모종도 사고 싶은데 근처에서는 원하는 모종을 팔지 않는다. 작년에는 산토리의 방울토마토 모종과 가고메의 방울토마토 모종을 심었다. 둘 다 크게 잘 자라 여름에는 주렁주렁 열매가 열렸다. 무려 12월까지 계속 열렸지만, 겨울의 방울토마토는 아무래도 시었다. 어렴풋이 쓴맛도 났다. 마지막엔 참을성 겨루기를 하는 것처럼 먹었다. 두 회사의 모종을 사려면 전철을 타고 매장까지 가야만 해서 아직 유보 상태다. 조만간 가보려 한다.

오래전 수박씨의 생장에 비명을 지른 적이 있었다.

초등학생 시절, 작은 화분에 수박씨를 심어 베란다에 두었었는데 그 일을 까마득히 잊고 말았다. 가을이 되어 무언가의 그늘에 가려진 그 화분을 꺼내 들었을 때,

"으악."

하면서 놀라 물러섰다. 콩나물처럼 가늘면서 긴 싹이 햇빛을 찾아 자라 있었다.

무서웠다. 대단하다. 수박이 필사적으로 자라난 모습에는 기백이 있었다. 그 기백에 압도되었다.

너, 잘도 잊고 있었구나아아아아아.

수박의 목소리가 들려오는 듯했다. 그때의 모습이 사진

처럼 색깔도 또렷하게 떠오른다. 고수는 제대로 돌봐줘야
겠다.

선택

　다 함께 밥이라도 먹을까 해서 식당 선택을 맡았을 때, 부
담 없이 식당을 선택할 수 있게 되었다.
　예전의 나라면 참석하는 사람이 오기 쉬운 지역을 뒤지
는 것부터 시작했었지만, 이제 그것은 깊이 생각하지 않기
로 했다. 나 자신이 초대받는 경우에는 조금 불편한 장소여
도 개의치 않는다. 오히려 일부러 찾아가는 느낌도 좋아한
다.
　그래서 지역 선택에서 해방되었다.
　다음으로는 식당 선택.

내게 모두 맡겼으니 '나를 위한 것'이 좋지 않을까? 이렇게 생각해본다. 그래서 마파두부다. 나는 마파두부를 너무나 좋아해서, 맛있는 마파두부를 먹을 수 있는 식당들을 개척해볼까, 생각하곤 한다. 개척해두면 누군가가 "마파두부로 추천할 만한 식당 있어?"라고 물어보더라도 가르쳐줄 수 있다. 여행 외엔 취미가 없는 나로서는 일석이조다.

식당은 어느 지역이어도 좋다. 먹는 메뉴는 마파두부.

기준이 단순하기 때문에 식당 찾는 데에도 비교적 수월하다.

하지만 크기라든가, 분위기라든가, 예약 상황 등도 고려해야 하기 때문에 과감히 식당의 방향성을 바꾸기도 한다.

그랬다. 얼마 전 여자 친구와의 식사. 둘이서 먹으려고 인터넷을 찾아보니 스페인의 바스크 요리가 맛있어 보였다.

"바스크 요리점을 예약했어, 먹어본 적은 없지만~"

"나도 처음이어서 기대돼~"

둘이 식당에 가서, 맛있어, 맛있어를 연발하며 식사했지만, 식사를 마칠 즈음 식당 안에 조그만 이탈리아 국기가 붙어 있는 것을 보고 깜짝 놀랐다.

아뿔싸, 스페인 바스크 요리는 예약이 잡히지 않아 이탈리아 마르케 요리로 예약한 걸 깜빡했다.

"미안, 바스크 요리가 아니었어."

친구와 쓴웃음. 뭐 어떤가, 고기를 채워 넣은 올리브 튀김이 아주 좋았다. 마파두부 다음으로는 '고기로 속을 채운 올리브'로 식당 검색을 해보는 것도 좋을 것 같다.

이제 아픈 구두는 신지 않는다

초판 1쇄 발행 2020년 8월 12일
초판 2쇄 발행 2020년 9월 2일

지은이 마스다 미리
옮긴이 오연정

기획 및 책임편집 고미영　　　　　펴낸이 고미영
편집 이채연　　　　　　　　　　　펴낸곳 (주)이봄
디자인 최정윤　　　　　　　　　　출판등록 2014년 7월 6일 제406-2014-000064호
마케팅 송승헌 백윤진 이지민　　　주소 10881 경기도 파주시 회동길 455-3
홍보 김희숙 김상만 지문희 우상희 김현지　전자우편 yibom@yibombook.com
제작 강신은 김동욱 임현식　　　　팩스 031-955-8855
제작처 영신사　　　　　　　　　　문의전화 031-955-9981

ISBN 979-11-90582-33-9 02830

 **springtenten**　　**yibom_publishers**